A Garota Gotic
e o fantasma de um rato

CHRIS RIDDELL

Tradução de Janaína Senna

1ª edição

GALERA
junior
RIO DE JANEIRO

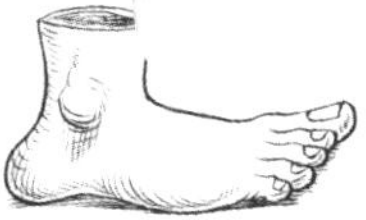

ESTE LIVRO CONTÉM NOTAS DE PÉ DE PÁGINA REDIGIDAS
PELO PÉ CORTADO DE UM FAMOSO ESCRITOR QUE PERDEU
O SUPRACITADO PÉ NA BATALHA DE
BADEN-BADEN-WÜRTTEMBERG-BADEN

CIP-BRASIL. CATALOGAÇÃO NA PUBLICAÇÃO
SINDICATO NACIONAL DOS EDITORES DE LIVROS, RJ

Riddell, Chris
R411g   A garota Gotic e o fantasma de um rato / texto [e ilustrações] Chris Riddell; tradução Janaína Senna. - 1. ed. - Rio de Janeiro: Galera Júnior, 2015.
    il.

Tradução de: Goth girl and the ghost of a mouse vol. I
ISBN 978-85-01-07059-3

1. Ficção juvenil inglesa. I. Senna, Janaína. III. Título.

15-20863   CDD: 028.5
                                                                                                  CDU: 087.5

Título original em inglês:
GOTH GIRL AND THE GHOST OF A MOUSE

Copyright © Chris Riddell, 2013

Publicado originalmente por Macmillan Publishers Limited.

Adaptação de capa e composição de miolo: Renata Vidal

Texto revisado segundo o novo Acordo Ortográfico da Língua Portuguesa.

Todos os direitos reservados. Proibida a reprodução, no todo ou em parte,
através de quaisquer meios. Os direitos morais do autor foram assegurados.

Direitos exclusivos de publicação em língua portuguesa somente para o Brasil adquiridos pela
EDITORA RECORD LTDA.
Rua Argentina, 171 - Rio de Janeiro, RJ - 20921-380 - Tel.: 2585-2000,
que se reserva a propriedade literária desta tradução.

Impresso no Brasil

ISBN 978-85-01-07059-3

Seja um leitor preferencial Record.
Cadastre-se e receba informações sobre nossos
lançamentos e nossas promoções.

Atendimento e venda direta ao leitor:
mdireto@record.com.br ou (21) 2585-2002.

Para Morwenna

Capítulo um

da Gotic sentou-se em sua cama de oito colunas e tentou ver algo no meio da escuridão.

Estava acontecendo mais uma vez.

Um suspiro suave e triste que terminava com um guincho.

Ada levantou da cama e procurou pelo quarto com um candelabro erguido.

— Quem está aí? — sussurrou ela.

Ada era a única filha de Lorde Gotic, do Palácio Sinistro, o famoso poeta ciclista. Sua mãe foi uma bela equilibrista de Tessalônica, que Lord Gotic conheceu em uma de suas viagens e com quem se casou. Infelizmente Parthenope morreu quando Ada ainda era bebê, pois estava treinando no telhado do Palácio Sinistro durante uma tempestade.

Lorde Gotic nunca falava sobre aquela noite terrível. Ficava enfurnado no seu enorme palácio, trancado no escritório escrevendo longos poemas. Quando não estava escrevendo, passava seu tempo cavalgando pela propriedade com Pegasus, seu cavalinho de pau, e acertava os gnomos do jardim com uma espingarda. Não demorou muito para que adquirisse a reputação de maluco, mau e perigoso em meio aos gnomos.

Desde o acidente, Lorde Gotic resolveu acreditar que não era preciso ver as crianças, bastava ouvi-las.

Insistiu para Ada usar umas botas grandes e barulhentas sempre que fosse perambular pelos corredores do Palácio Sinistro. Dessa forma, ele podia ouvir os passos dela se aproximando e conseguiria evitá-la entrando no escritório, onde ninguém podia importuná-lo.

LORDE GOTIC

Isso significava que Ada não via muito o pai, o que por vezes a deixava triste, mas ela entendia. Uma vez por semana tomavam chá na grande galeria, e podia ver a expressão de Lorde Gotic mudar quando seus olhos se encontravam. Aquele ar de profunda tristeza dizia a Ada que ele estava se lembrando de sua mãe, Parthenope, a bela equilibrista, e da terrível tragédia que havia acontecido. Ela se parecia muito com a mãe, com aquele cabelo preto encaracolado e os olhos verdes. (Ada sabia disso porque tinha herdado um medalhão com um retrato em miniatura de Parthenope.)

— Quem está aí? — perguntou ela, num sussurro um pouco mais audível dessa vez.

— Só eu — respondeu uma vozinha vinda de algum lugar em meio às sombras.

Ada calçou as sapatilhas de couro que deixava ao lado da cama. Eram as sapatilhas usadas pela

mãe equilibrista e, por isso, ficavam um pouco grandes nela. Mas eram muito confortáveis e, o mais importante de tudo, bem silenciosas. Ada gostava de usá-las para perambular pelo Palácio Sinistro. Explorar era a sua atividade preferida, especialmente de noite, quando todos estavam dormindo. Porque embora ela tivesse morado ali a vida toda, o palácio era tão grande que havia cômodos em que jamais entrara e edifícios escondidos em áreas abandonadas da propriedade, esperando para serem descobertos.

Ada caminhou pelo desbotado tapete turco, segurando o candelabro à sua frente. Diante dela, praticamente só visível em uma área descorada no meio, havia uma figurinha branca e trêmula, translúcida.

Ada arregalou os olhos.

— Você é um rato! — exclamou ela.

O ratinho tremeu ainda mais e deu mais um suspiro que terminou com um guincho suave.

— Eu era — respondeu ele, assentindo com a cabeça —, mas agora sou o fantasma de um rato.

Como era muito grande e antigo, o Palácio Sinistro abrigava vários fantasmas. Havia a freira branca, que aparecia às vezes no grande saguão nas noites enluaradas, o monge preto, que rondava de vez em quando pela pequena galeria, e o padre bege, que descia pelo corrimão da enorme escadaria toda primeira terça-feira do mês. Eles normalmente murmuravam e gemiam em voz baixa ou, no caso do padre, ouvia-se uma cantoria em falsete, mas na verdade jamais tinham *dito* nada, à diferença desse rato.

— Você já é fantasma há muito tempo? — perguntou Ada, deixando o candelabro no chão e se sentando no tapete de pernas cruzadas.

— Acho que não — respondeu o fantasma do rato. — Sabe, a última coisa de que me lembro é de estar passando por um corredor empoeirado de uma parte da casa cheia de teias de aranha onde eu nunca havia estado. — O rato reluzia à luz da vela. — Estava voltando de uma visita que tinha feito à musaranha no jardim, e me perdi. Moro numa toca muito acolhedora no rodapé do escritório do seu pai, ou pelo menos morava...

O rato fez uma pausa e deixou escapar outro pequeno suspiro antes de mudar de assunto.

— Você deve ser a filha — observou, olhando para Ada. — A pequenina Gotic. A que vive pisando forte no chão com enormes botas.

— Isso mesmo. Meu nome é Ada — disse ela, com a maior educação. — Qual é o seu?

— Eu me chamo Ishmael — respondeu o fantasma do rato.

— Bom, eu estava voltando pelas sombras, sem ser percebido, quando senti um cheiro delicioso vindo do corredor. Então, não consegui resistir. Segui meu olfato apurado que me levou até um belo pedaço de queijo amarelo com manchas azuladas e cheiro de meia de menino usada...

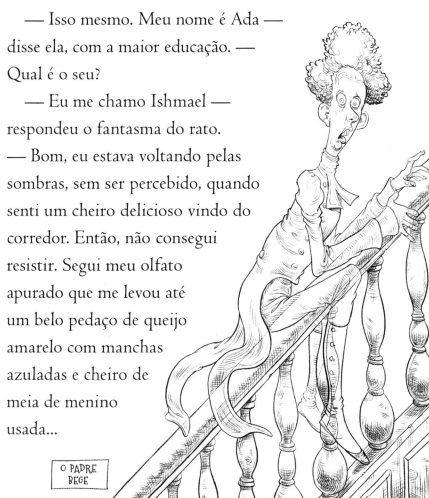

O PADRE BEGE

Ishmael fechou os olhos, e seu corpo inteiro estremeceu de satisfação.

— Devia ser um Blue Gormly* — comentou Ada.

Ada viu vários queijos na despensa da cozinha da última vez que esteve ali. Não que fosse lá com muita frequência. A encarregada dali era a Sra. Bate'deira, que era bem gorda e barulhenta e assustava mais que qualquer fantasma. Ela passava o tempo inventando receitas e anotando-as num enorme livro, dando ordens às ajudantes e fazendo-as chorar. Sua comida era extremamente complicada e quase sempre difícil de comer, exigindo o uso de 23 facas, garfos e colheres diferentes para o café da manhã e o almoço. E era preciso ainda mais talheres para o jantar. Ela fazia como ninguém o prato favorito de Lorde Gotic: patas de rinoceronte gelatinosas com lontras-marinhas cozidas numa redução de lágrimas de serviçais. Já Ada preferia ovos cozidos e torradas.

Nota de Pé de Página

*Blue Gormly é um dos queijos menos conhecidos da Inglaterra. Junto ao Somerset Stink, ao Mouldy Bishop e ao Cheddar Não-Tão-Belo, é considerado um dos mais fedidos. Pessoalmente, acho seu cheiro muito fino.

— Blue Gormly? — indagou Ishmael. — O cheiro era maravilhoso, seja lá o que fosse. Fui até lá para pegá-lo quando... SNAP! E tudo escureceu — concluiu, com um estremecimento.

— Quando dei por mim estava branco e transparente, e flutuava no ar. Lá de cima vi meu corpo preso numa horrível ratoeira.

— Que horror! — exclamou Ada.

— Não consegui ficar

SRA. BATE'DEIRA

olhando — prosseguiu Ishmael entristecido. — Então, flutuei para longe dali e não sei por que algo me atraiu para o seu quarto.

— Talvez eu possa ajudar — disse Ada, embora não soubesse muito bem o que poderia fazer.

Ishmael deu de ombros e retrucou:

— Não vejo como. A não ser que...

— A não ser que...? — repetiu Ada.

— A não ser que venha comigo e tire de lá a armadilha — completou o fantasma do rato mexendo os bigodes. — Antes que outro rato inocente se machuque.

— Que ótima ideia! — disse Ada.

Na ponta dos pés, sem fazer barulho, Ada seguiu Ishmael que a conduzia para fora do quarto, pelo corredor, passando pela comprida galeria e chegando ao topo da grande escadaria. A luz da lua entrava pelas altas janelas e iluminava os retratos pendurados na parede. Nem sinal da freira branca, percebeu Ada, mas os olhos dos retratos pareciam acompanhar cada passo seu.

Estavam ali o Lorde Gotic Primeiro, com seu corte de cabelo que mais parecia uma taça de pudim e um largo mantéu. Lorde Gotic Terceiro, ostentando uma charmosa pintinha falsa. E Lorde Gotic Quinto, com sua peruca empoada e uma baita barriga, aparentando extremo mau humor.

— Por aqui — indicou Ishmael, flutuando escada abaixo.

Ada olhou à sua volta. Também não havia sinal do padre bege. Então, ela subiu no corrimão e desceu fazendo um grande chuuuuuuu!

Ao pé da escada, Ishmael a aguardava.

— O corredor fica em algum lugar por aqui — disse ele, apontando. Ada então sentiu uma aflição no estômago.

— A ala quebrada! — deixou escapar, com um suspiro. A casa de Ada era

LORDE GOTIC PRIMEIRO

LORDE GOTIC SEGUNDO

LORDE GOTIC TERCEIRO

LORDE GOTIC QUARTO

LORDE GOTIC QUINTO

enorme. Tinha a ala leste, a área central com sua magnífica cúpula, a ala oeste e, nos fundos, a parte velha do Palácio Sinistro, a ala quebrada.

Ela era chamada assim porque estava precisando de uma boa reforma. Não era uma área muito visível, e, como tinha tantos aposentos revirados, banheiros abandonados e dependências descuidadas, os Lordes Gotic acabaram se esquecendo dela e se dedicaram a construir novas alas, mais visíveis, em outras partes.

Lorde Gotic Quarto foi o responsável pela construção da cúpula e de mais de quatrocentas lareiras ornamentais, ao passo que Lorde Gotic Quinto mandou fazer um magnífico pórtico para a entrada e novas cozinhas para a ala leste. O pai de Ada era o Lorde Gotic Sexto, e ele se concentrou na ala oeste, onde acrescentou salas de estar e bibliotecas, além de cavalariças para seus cavalinhos de pau. Contratou o melhor arquiteto paisagista de seu tempo, Metafórico Smith, para desenhar os jardins do Palácio Sinistro com inúmeros recantos sofisticados, como o jardim de pedra dos gnomos

METAFÓRICO SMITH

alpinos, a Fonte Excessivamente Ornamentada e o estiloso Hipódromo para Cavalinhos de Pau Metafóricos.

Ada e Ishmael atravessaram o grande saguão coberto pela esplêndida cúpula e cruzaram uma portinhola parcialmente ocultada por uma tapeçaria. Os corredores eram longos, cobertos de teias de aranha e repletos de portas. A maior parte dos aposentos estava vazia, com o papel de parede soltando e os tetos de gesso desabando, mas alguns continham coisas caquéticas e esquecidas — o tipo de coisa de que Ada mais gostava.

Em um dos cômodos se via o retrato de uma dama de sorriso assustador. Em outro, um monte de vasos ornados com pinturas chinesas de dragões. E um terceiro abrigava a estátua de uma bela deusa sem braços.

Ishmael se deteve e apontou para duas portas duplas com alças de bronze.

— Aqui! — exclamou animado.

Ada deu uma olhada. Em frente às porta havia uma ratoeira com um pedaço de Blue Gormly. Cuidadosamente, Ada cutucou a ratoeira com a ponta dos pés.

Snap!

A perversa armadilha fechou de uma vez só. Ada se abaixou e a pegou. Nesse momento, Ada ouviu, do outro lado da porta, uma voz familiar e antipática.

— Pegou mais um! — disse, ofegante.

A porta começou a se abrir com um rangido, mas Ada já tinha se virado e saído em disparada.

Capítulo dois

Ada não sabia ao certo há quanto tempo estava correndo, mas parecia uma terrível eternidade.

Quando finalmente parou e olhou em volta, não viu Ishmael em lugar nenhum. Ela havia ido parar em um pequeno corredor que dava em um pátio externo, à luz da lua.

Estava nos fundos da casa, onde os jardins eram selvagens e descuidados. Havia ali enormes emaranhados de amoras silvestres e roseiras bravas, mato alto e arbustos de enormes proporções. Em uma pequena placa de madeira se lia "Fundos do Jardim de Além (inacabado)".

Há séculos Ada queria explorar esse jardim, mas as preceptoras sempre a impediam.

Não que criasse caso, na verdade normalmente gostava delas e tentava ser o mais comportada e prestativa possível.

O problema não era propriamente as preceptoras.
Elas eram enviadas pela Agência de Preceptoras Paranormais de Clerknwell e pareciam chegar do nada, aparecendo normalmente um minuto ou dois depois de Lorde Gotic comentar, como quem não quer nada, que Ada precisava ter uma educação adequada.

A primeira preceptora foi Morag Macabeia. Ela veio da Escócia, tinha só um dente e uma enorme verruga na ponta do nariz, da qual parecia se orgulhar bastante.

Quando percebeu que Ada não era uma criança difícil e raramente criava problemas, Morag Macabeia ficou tão desapontada que desenvolveu

uma severa erupção cutânea e teve que voltar à Escócia para se recuperar.

A seguinte foi Hebe Poppins. Ela andava feito um pinguim e estava sempre cantando. Ada gostava dela, mas, quando descobriu que a menina não era tímida ou infeliz, Hebe ficou aborrecida e fugiu com o limpador de chaminés.

Jane Dumbo teve sete outras decepções. Ada logo percebeu que na verdade ela não queria ser preceptora. Em vez disso, passava todo o tempo fazendo xícaras de chá e batendo à porta do escritório de Lorde Gotic. Ele teve que mandá-la embora quando ela tentou incendiar a ala oeste.

Depois disso, surgiu Babá Querida, que, na verdade, era uma cadela que achava que era gente. Babá Querida latia sem parar porque estava convencida de que Ada sairia voando qualquer hora para um lugar chamado Terra Sem Fim. Lorde Gotic lhe deu um osso de cordeiro, e ela foi embora.

Becky Bronco foi ainda pior. Ela teve problemas no passado, e, quando tentou roubar as pratarias, a Sra. Bate'deira a pôs para fora do Palácio Sinistro e da propriedade com uma concha.

Babá Querida

Finalmente, Marianne Delacroix chegou em uma noite tempestuosa. Vinha de Paris e chamava a si mesma de revolucionária.

Ada aprendeu muito com ela, que lhe ensinou um monte de músicas de protesto da França, como tricotar e como construir uma resistente barricada. Estavam trabalhando em um projeto que consistia em partir cabeças de bonecas quando Marianne saiu com uma blusa fresquinha, pegou um terrível resfriado e teve que ir embora.

Desde então Lorde Gotic parece ter deixado para lá tudo que se relaciona à educação de Ada, o que para ela foi até melhor, pois já tivera sua cota de preceptoras.

A lua cheia reluzia nos Fundos do Jardim de Além (inacabado), e Ada disse a si mesma que voltaria para explorar o local de forma apropriada à luz do dia. Virou-se e, quando estava prestes a tomar o caminho que a levaria à ala oeste, onde atravessaria uma janela bizantina que dava para o Terraço Veneziano, ouviu um grasnido agudo.

Olhou para cima.

Viu surgir do meio do céu da noite um gigantesco pássaro branco com o bico amarelo recurvado e um curativo em forma de cruz na altura do peito. Ficou planando acima da cabeça de Ada e pousou no telhado de uma construção de pedra em péssimas condições, meio escondida pela vegetação. Ada o viu desaparecer num buraco entre as telhas.

— Meu Deus! — disse uma vozinha, e, ao olhar para baixo, a menina se deparou com Ishmael, que tinha aparecido a seus pés. — A menos que esteja muito enganado, esse pássaro é um albatroz. E eu sei perfeitamente — prosseguiu ele em tom melancólico —, porque fui um rato marinheiro.

— Verdade? — perguntou Ada, intrigada.

— Está tudo nas minhas memórias — respondeu Ishmael, pequeno e prateado à luz da lua. — Eu estava acabando de redigi-las quando... — Olhou fixamente para a ratoeira que Ada ainda segurava. — *Isso* aconteceu.

Ada pôs o braço para trás para dar impulso e atirar a ratoeira o mais longe possível no emaranhado dos Fundos do Jardim de Além (inacabado).

— Obrigado — disse Ishmael. — Agora, vamos descobrir o que um albatroz está fazendo no Velho Depósito de Gelo.

— Esse é o Velho Depósito de Gelo? — indagou Ada.

O Novo Depósito de Gelo ficava no Jardim da Cozinha, ao lado da ala oeste. Lorde Gotic tinha mandado construí-lo para armazenar seu melhor gelo, que vinha de navio do Lago Walden,[*] na Nova Inglaterra. A Sra. Bate'deira usa o gelo nos seus sorvetes inclinados de Pisa e para o sorbet de língua de pinguim.

— É. Minha amiga musaranha mora numa tina de água na porta ao lado — comentou Ishmael. — Gosta da paz e da tranquilidade daqui.

Ada caminhou o mais silenciosamente que pôde pelo mato alto em direção ao Velho Depósito. Quando chegou diante da porta, encontrou-a entreaberta. Ishmael entrou e a menina o seguiu.

Os olhos dela precisaram de um tempinho para se acostumar à escuridão.

Quando se acostumaram, ela pôde ver que o interior do Velho Depósito de Gelo era um enorme aposento com o chão de pedra desnivelado, repleto de grandes blocos de gelo, cada um do tamanho de um daqueles engradados de madeira. Uma figura gigantesca, com casaco de marinheiro adornado com navios a vela, estava sentada em cima da maior pilha de blocos de gelo. Na cabeça usava um chapéu bicorne de capitão, e seus pés calçavam tábuas de madeira do deque de um navio. O albatroz estava pousado em seu ombro.

*Lago Walden é um grande lago na América do Norte, repleto de chalés de fim de semana e casas de veraneio pertencentes a poetas, filósofos e pensadores que vão para lá a fim de espairecer um pouco.

O rosto da figura era de um branco cadavérico, coberto de veias azuladas nas têmporas e bochechas, e, na testa, ostentava uma cicatriz com pontos de sutura. Seus olhos eram amarelos com a íris azul, ao passo que as unhas e os lábios eram pretos.

Lorde Gotic estava sempre convidando visitantes estranhos e interessantes para o Palácio Sinistro, mas se preocupava tanto com sua poesia que frequentemente se esquecia deles. Ada sempre tentava ser o mais educada e receptiva possível quando encontrava algum dos convidados esquecidos de Lorde Gotic.

Fez um breve cumprimento e disse:

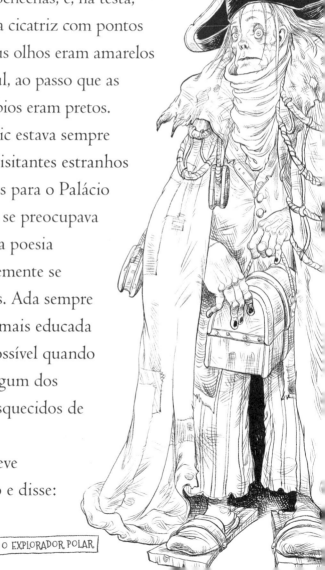

O EXPLORADOR POLAR

— Boa noite, espero que esteja desfrutando uma agradável estada. Meu nome é Ada, muito prazer em conhecê-lo.

— O prazer é todo meu — saudou a figura, tirando o chapéu bicorne. — Permita que me apresente. Eu sou o Monstro de Mecklenburg, mas meus amigos me chamam de O Explorador Polar.

— Água, água por toda parte — grasniu o albatroz. — Nem uma gota para beber!

— Não acho que já tenha conhecido um monstro antes — disse Ada, pensando em se sentar em um bloco de gelo, mas mudando de ideia.

— Não chego a me surpreender — argumentou o Explorador Polar. — Somos bem raros, sabe? Só eu e minha ex-namorada e... bem, ninguém mais. Fui criado por um brilhante e jovem aluno da Universidade de Mecklenburg como parte de seu insano projeto científico...

Ada suspeitou que ele não falava com ninguém fazia um bom tempo.

— Água, água por toda parte. Nem uma gota para beber! — grasniu de novo o albatroz.

O Explorador Polar o ignorou.

— Ele me fez a partir de retalhos dispersos da batalha de Baden-Baden-Württemberg-Baden. Tenho as pernas de um corneteiro-mor, os braços de um granadeiro, o tronco de um brigadeiro e a cabeça de um sargento de primeira classe. — O Explorador Polar passou a mão pelo cabelo lasso e sem vida e pôs novamente o chapéu bicorne na cabeça.

— Fiquei marinando por um mês num tubo de cola e depois fui trazido à vida por uma tempestade relampejante. — Ele sorriu, revelando seus dentes de um verde musgoso.

— Infelizmente as coisas não começaram exatamente bem —

prosseguiu, abanando a cabeça. — Um cachorro carniceiro fugiu com meu pé esquerdo, e o estudante ficou absolutamente furioso. Ele era um perfeccionista. Disse que não poderia me entregar ao professor desse jeito e saiu da sala de aula fazendo o maior drama. Ficou com vergonha de mim. — O Explorador Polar de repente pareceu triste, e seus olhos amarelados se encheram de lágrimas.

— Quando o professor perguntou, o aluno disse que o cachorro tinha comido seu trabalho.

— Tadinho de você — disse Ada, compadecida.

— Então aprendi uma lição — continuou o Explorador Polar, dando uns tapinhas em um baú de madeira.

— Agora sempre carrego uma peça extra para substituição.

Baixou os olhos.

— Bem, depois as coisas foram de mal a pior, até que tive que sair de lá. — O Explorador Polar enxugou os olhos e sorriu para Ada. — Então peguei um navio emprestado e fui para o Polo Norte. Um lugar adorável, com uma paisagem linda. Mas não havia muitas pessoas com quem conversar...

— Icebergs, icebergs por toda parte, nem uma gota para beber! — grasniu o albatroz.

— Como conheceu meu pai, o Lorde Gotic? — perguntou Ada, tentando disfarçar um bocejo. O Explorador Polar era fascinante, mas era tão tarde que já começava a ficar cedo.

— Ah, não conheço Lorde Gotic pessoalmente — admitiu o Explorador Polar —, mas conheço Mary Xale, a célebre romancista, uma grande ouvinte, assim como você, senhorita Gotic.

— Por favor, me chame de Ada — pediu ela.

— Muito bem, Ada — respondeu o Explorador Polar, dando umas palmadinhas no albatroz pousado em seu ombro. — Mês passado, o Coleridge descobriu essa cópia da *Revista Literária* em um navio abandonado.

A REVISTA LITERÁRIA

OU

O PERIÓDICO ARTÍSTICO, CULTURAL, BIOGRÁFICO E HISTÓRICO

AGOSTO de 1799   NÚM. LXXXII

MARY XALE

CÉLEBRE ROMANCISTA COMPARECERÁ

À GRANDE FESTA CAMPESTRE DE LORDE GOTIC

E LÁ, A SABER, PARTICIPARÁ COM OUTROS EMINENTES CONVIDADOS

DA CORRIDA DE BICICLETAS METAFÓRICAS,

EVENTO QUE OCORRERÁ AO LONGO DE MEIA MILHA SOBRE CAVALINHOS DE PAU SELADOS,

E

DA CAÇADA INTERNA,

QUE OCORRERÁ NAS DEPENDÊNCIAS ARRUINADAS DA ALA QUEBRADA DO PALÁCIO SINISTRO, SOBRE OS SUPRACITADOS CAVALINHOS DE PAU. ESTARÃO PRESENTES NO EVENTO A BOA GENTE DO VIZINHO POVOADO DE PARVOÍCE DO CONDADO DE SINISTRENSE, INGLATERRA, CELEBRADO POR TODA A COMARCA.

NESTA MESMA EDIÇÃO

ÚLTIMA SÉRIE DE TIRAS SATÍRICAS DO ILUSTRADOR RADICAL MARTIN ENIGMACHALAÇA SOBRE A VIDA E A ÉPOCA DO ARQUITETO PAISAGISTA **METAFÓRICO SMITH**, INTITULADA

O PROGRESSO DE UMA ESPÁTULA DE JARDINAGEM

IMPRESSO POR TRISTAM SHANDYNOBRE EM DOLPHIN, NA PEQUENA BRETANHA, E VENDIDO PELO DR. JENSEN EM WARWICH LANE, ONDE SE ACEITAM ANÚNCIOS, BEM COMO POR FABERCROMBIE & ITCH, TECELÕES DE PUTNEY, AO SUDOESTE DE LONDRES.

O Explorador Polar enfiou a mão em seu casaco de marinheiro e tirou um jornal roto. Apontou para a capa com a unha preta.

— Aqui diz que Mary Xale será uma das convidadas da grande festa de seu pai e vai participar da corrida de bicicletas metafóricas seguida da anual caçada interna... — O Explorador Polar deu um sorriso verde musgoso. — Então pensei em lhe fazer uma surpresa.

Ada franziu a testa.

Não ficava entusiasmada com as grandes festas de Lorde Gotic. A cada ano, lordes, damas, poetas, pintores e ilustradores perturbados vinham e botavam o Palácio Sinistro de cabeça para baixo. A Sra. Bate'deira preparava o banquete com um mau humor incrível, e, mais do que nunca, Ada não deveria ser vista ou ouvida. A corrida de bicicletas podia até ser bem divertida, mas Ada jamais gostou da caçada interna, que consistia em convidados perseguindo pequenas criaturas pela ala quebrada com redes para borboletas. Mesmo que depois os libertassem, Ada achava aquilo cruel. Infelizmente a caçada interna era muito popular, e a cada ano os habitantes do povoado de Parvoíce marchavam até o Palácio com tochas acesas e se amontoavam em volta do palácio para bisbilhotar pelas janelas.

Nesse instante o gongo soou nas cozinhas da ala oeste. Eram quatro horas, e as empregadas tinham que acordar.

— Preciso ir — disse Ada.

O Explorador Polar assentiu e pôs um dedo de unha preta diante dos lábios.

— Nem uma palavra — sussurrou ele, com uma piscadela.

Capítulo três

Ada estava exausta quando voltou correndo todo o caminho que tinha percorrido na ala oeste, passando pelas janelas bizantinas, atravessando o saguão principal, subindo a grande escadaria, prosseguindo pelo corredor e entrando em seu enorme quarto. Subiu na cama de oito colunas, fechou as cortinas do dossel, deitou-se no travesseiro gigantesco e caiu num sono profundo.

Quando foi acordada pelas badaladas do relógio de seu tio-avô, que ficava em cima da lareira, Ada se deu conta perplexa de que já eram onze horas.

Pulou da cama e foi depressa para o quarto de vestir. Empurrou a porta e entrou no aposento.

Ali, em cima do divã de dálmata, encontrou suas roupas das quartas-feiras. Uma boina escocesa, um xale montanhês e um vestido preto quadriculado. Suas roupas eram escolhidas todos os dias de manhã e de tarde pela camareira Maribondosa, que era tão tímida que Ada nunca chegou a vê-la. Maribondosa havia sido a camareira da mãe de Ada e, antes disso, fora encarregada de fazer seus trajes de equilibrismo.

Isso era praticamente tudo o que Ada sabia sobre Maribondosa, porque ela passava todo seu tempo escondida em um enorme closet no quarto de vestir da menina. Mas, às vezes, se Ada não vestia direito as roupas, ouvia um grunhido vindo do fundo do closet.

Ada se vestiu depressa e calçou as enormes e barulhentas botas antes de ir para a pequena galeria, onde toda manhã as ajudantes da Sra. Bate'deira serviam o café da manhã no bufê.

Estava no alto da grande escadaria e, enquanto pensava se devia ou não descer escorregando pelo corrimão, sentiu baterem em seu ombro.

— Ora mas se não é a jovem senhorita em pessoa — disse uma vozinha aduladora. — Pensei mesmo ter ouvido seus passou ruidosos no corredor.

Ada se virou e viu a figura alta e magra de Malavesso, o guarda-caça interno, investigando-a.

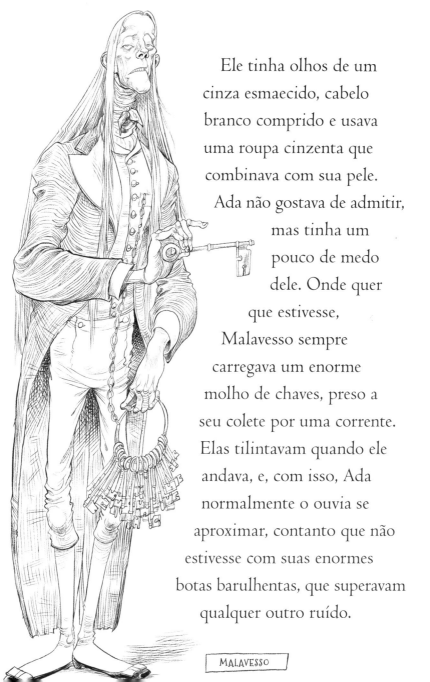

Ele tinha olhos de um cinza esmaecido, cabelo branco comprido e usava uma roupa cinzenta que combinava com sua pele. Ada não gostava de admitir, mas tinha um pouco de medo dele. Onde quer que estivesse, Malavesso sempre carregava um enorme molho de chaves, preso a seu colete por uma corrente. Elas tilintavam quando ele andava, e, com isso, Ada normalmente o ouvia se aproximar, contanto que não estivesse com suas enormes botas barulhentas, que superavam qualquer outro ruído.

MALAVESSO

Malavesso tinha cheiro de tapete úmido e mofado, e trabalhava como guarda-caça interno do Palácio Sinistro desde sempre. Seu trabalho consistia em impedir que corvos fizessem ninho nas lareiras ornamentais, vespas se instalassem no sótão, cervos ornamentais chineses mastigassem a tapeçaria e lagartixas de rabo azul pusessem seus ovos nas banheiras. Ele usava redes, pulverizadores e outras armadilhas de todas as formas e tamanhos.

E, quando não estava ocupado caçando, envenenando e montando armadilhas, Malavesso passava seu tempo na ala quebrada, preparando animais para a caçada anual interna.

Num ano usou pombos cinzentos de Rochdale, noutro foram coelhos orelhudos da Ilha de Wight e durante três anos seguidos usou faisões de salão em miniatura chocados especialmente para o evento.

Uma vez capturados nas grandes redes de borboleta, as criaturas eram soltas na propriedade, onde quase sempre se reproduziam. Os três cervos ornamentais* de oito anos atrás se deram tão bem por ali que agora havia pelo menos uns cem no Parque dos Cervos Adoráveis.

Ada sempre achou que Malavesso, com aquele ar malvado e desagradável na maior parte do tempo, parecia desapontado quando as criaturas eram libertadas, e mais de uma vez ela o viu ficar de olho comprido para o trabuco de Lorde Gotic.

Ada estremeceu.

— Essa noite vi alguém andar furtivamente pela ala quebrada — disse Malavesso, com os olhos cinza pálido se estreitando. Depois deu um risinho de prazer. — Com certeza não era a senhorita, não é verdade?

Ada sentiu o rosto enrubescer e mordeu o lábio.

— Porque a senhorita não desapontaria seu pai não usando as botas barulhentas que ele lhe deu, não é mesmo?

— Claro que não — respondeu Ada, dando um passo atrás.

— Mas a senhorita deve saber — prosseguiu ele, os olhos cinzentos agora bem abertos, sem pestanejar

Nota de Pé de Página

*Os cervos ornamentais são extremamente caros, já que vêm contrabandeados da China no bolso de exploradores e diplomatas diretamente do Palácio do Imperador, na cidade Absolutamente-
-Proibida-Que-
-Não-Vou-
-Contar-De-Novo.

— que não se pode transitar pela ala quebrada até a caçada anual, que será sábado à noite.

Ada ficou observando Malavesso descer a grande escadaria, com as chaves tilintando. Ele atravessou o grande saguão dirigindo-se a uma portinhola escondida atrás da tapeçaria e desapareceu ali.

— Não se pode transitar? — repetiu Ada, com tom desafiador. — Isso é o que vamos ver.

Desceu a escadaria com passos decididos e atravessou o grande saguão, depois passou por várias salas menores, cada uma contendo um sortimento de esculturas de mármore de deuses e deusas clássicos, até chegar a uma pequena galeria.

O café da manhã a esperava no bufê jacobeano.*

Lebre ensopada, castor em conserva, pombo preparado de oito maneiras e frangos-d'água gelatinoso, tudo disposto em grandes bandejas de prata cobertas com tampas de prata.

Ada ignorou todas elas e se serviu de um ovo cozido e quatro fatias de torradas

Nota de Pé de Página

*O bufê jacobeano era o móvel mais feio de todo o palácio, mas devido ao seu enorme tamanho e peso, e ao fato de estar pregado ao chão, ninguém conseguia tirá-lo dali.

amanteigadas, cortadas em formato de soldados prussianos. Sentou-se à mesa, e, quando estava molhando a torrada na gema mole do

ovo, o papel de parede amarelo da parede à sua frente ondulou como a superfície de uma lagoa.

Surpresa, Ada deixou cair a torrada.

Um menino saiu da parede. Ele era exatamente da mesma cor e ostentava a mesma estampa do papel de parede em que estava apoiado. Se não tivesse se mexido, Ada nem o teria visto.

— Prazer em conhecê-lo — disse Ada educadamente. — Creio que não nos apresentamos. Sou a filha de Lorde Gotic, Ada.

O menino se sentou à mesa e mudou de cor para combinar com a cadeira.

— Sou William Cabbage. Meu pai, o Dr. Cabbage, está construindo uma máquina de calcular para Lorde Gotic no cômodo chinês — explicou o menino. — Espero não ter assustado você. Tomo a textura de tudo que me cerca. Isso se chama síndrome de camaleão.

Charles Cabbage era um inventor que Lorde Gotic convidou para o Palácio Sinistro seis meses atrás, mas de quem acabou se esquecendo.

— Não sabia que o Dr. Cabbage tinha um filho — observou Ada.

— E uma filha — acrescentou uma voz às suas costas.

Ada se virou e viu uma menina mais ou menos da sua idade sair de trás do bufê.

A menina tinha uma caixa de madeira amarrada nas costas, com uma cadeira dobrável e um jarro pendurado contendo pinceis. Debaixo

Máquina de calcular

CHARLES CABBAGE
O INVENTOR

de um dos braços, carregava uma grande pasta e estava calçada com sapatos grandes e macios.

— Sou a irmã de William, Emily — apresentou-se ela.
— William! Pare de se exibir e vá pôr uma roupa! — ordenou ao irmão.

William deu uma risadinha, depois se levantou e foi até a janela, se escondendo atrás das cortinas.

— Não ouvi você entrar — comentou Ada, levantando-se.

— É porque estou usando pantufas de uso externo — explicou Emily Cabbage. — Papai disse que não devíamos incomodá-la, por isso temos nos mantido afastados. William se mimetiza, e eu fico no jardim dos fundos pintando aquarelas. — Ela franziu a testa. — Por favor, não diga a ele que a incomodamos. Não era nossa intenção. Achamos que você já tinha tomado o café da manhã séculos atrás, então viemos comer um ovo cozido com torradas. Aí ouvimos os passos dessas suas grandes botas se aproximando pelo corredor...

Ada sorriu.

— Fui dormir tarde ontem — disse, aproximando-se e pegando a mão de Emily —, e vocês não estão me incomodando de jeito nenhum.

Olhou para suas botas barulhentas, e depois para Emily.

— Só as uso porque meu pai disse para usar. Ele acredita que as crianças têm que ser ouvidas, e não vistas.

William saiu de trás das cortinas. Estava usando um terno azul de veludo com meias amarelas e botas marrons. Sobre o colarinho branco, seu rosto combinava com as cortinas.

Ada levou Emily até o bufê e pegou dois ovos cozidos e um prato cheio de torradas amanteigadas que passou para a menina.

— Ficaria encantada se você e seu irmão tomassem café comigo. Ovo cozido e torradas são meu prato predileto.

— O nosso também — comentou Emily.

Todos se sentaram à mesa juntos. William sujou o paletó com a gema mole, mas Emily tinha modos muito refinados. Ada estava impressionada.

Quando terminaram, Emily abriu sua pasta e mostrou a Ada suas aquarelas de plantas e flores que descobriu nos Fundos do Jardim de Além (inacabado). Ada achou-as muito boas. William, que segurava a aquarela de uma rosa brava púrpura, ficou exatamente daquela cor.

Ada riu.

— O que foi que eu disse? Pare de se exibir, William — censurou Emily, com austeridade. E sorriu para Ada. — Perdoe meu irmãozinho, senhorita Gotic. Por vezes ele abusa do próprio talento de se camuflar.

— Por favor, me chame de Ada — pediu ela, amável. — É tão bom conversar com alguém da

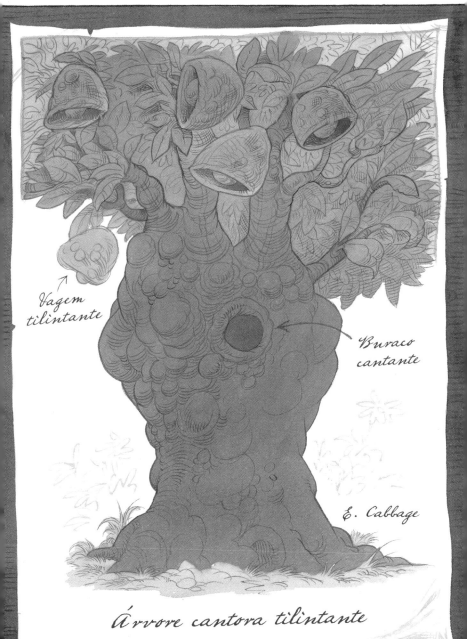

minha idade... Eu me sinto muito sozinha aqui às vezes. As moças que trabalham na cozinha têm muito medo da Sra. Bate'deira e por isso não falam comigo. A única outra pessoa que vejo é Malavesso, o guarda-caça interno, e tenho um pouco de medo dele. Não gosto de incomodar meu pai porque ele parece estar muito ocupado, então só o vejo uma vez por semana, quando tomamos chá na grande galeria...

Ada se deu conta de que estava falando muito. Mas gostou de Emily. Ela era talentosa, educada e gostava de ovos cozidos com torradas.

Queria contar a William e Emily sobre Ishmael e o Explorador Polar escondido no Velho Depósito de Gelo, mas não tinha certeza se deveria fazer isso. Ada não queria assustá-los. Afinal de contas, Ishmael era um fantasma e o Explorador Polar era um monstro. Talvez fosse mais prudente esperar até ter mais intimidade com os filhos do dr. Cabbage.

— Não achamos que o Palácio Sinistro seja um lugar solitário — observou William, adquirindo listras para combinar com a xícara que segurava. —

Fizemos bons amigos no Clube do Sótão, e eles são todos da nossa idade.

— Shhhhh! William! — exclamou Emily zangada. — O Clube do Sótão deve ser mantido em segredo!

— Sou ótima em guardar segredos — disse Ada, intrigada. — O que é o Clube do Sótão? Se eu prometer não dizer uma palavra sobre isso, posso fazer parte também?

— Bem — começou Emily, com o rosto assumindo um tom rosado sob as sardas —, o Clube do Sótão não é para gente como você, senhorita Gotic, quero dizer, Ada. É um clube para jovens empregados e para os filhos das pessoas que trabalham para o seu pai. — Ela baixou a cabeça e ficou olhando para as pontas de suas pantufas de uso externo. — Afinal, você é filha de um lorde. E tem uma preceptora elegante, que veio da França especialmente para lhe dar aulas, e um dia você será a Lady Gotic...

— A senhorita Delacroix pegou uma gripe e teve que partir — disse Ada, aproximando-se e dando umas palmadinhas na mão de Emily. — Mas tinha umas ideias bem interessantes sobre como tricotar e cortar cabeças de bonecas, que eu adoraria compartilhar com você e seus amigos no Clube do Sótão se me levar.

— E promete que não contará nada sobre isso nem para sua alma? — perguntou Emily, erguendo a cabeça.

— Prometo — respondeu Ada.

Capítulo quatro

Depois de seu café da manhã tardio, William foi ao cômodo chinês ajudar o pai. Pelo menos foi o que disse a Ada. Mas Emily revelou que o motivo mesmo era que o irmão queria praticar mimetismo com o papel de parede chinês de dragão.

— Isso o deixa feliz por horas — comentou, revirando os olhos. — Você gostaria de pintar comigo? — perguntou a Ada. — O Clube do Sótão não se reúne até que anoiteça, então temos muito tempo ainda.

— Eu adoraria — respondeu Ada.

Foi para seu quarto, cuidando para que as botas fizessem ainda mais barulho que o normal, a fim de que Lorde Gotic a ouvisse. Lá tirou as botas e calçou sapatilhas pretas. Depois pegou um bloco de desenho e uma caixa de lápis de cera e desceu pé ante pé para encontrar Emily no Terraço Veneziano.

— Adorei suas sapatilhas — confessou Emily.

Juntas percorreram o caminho que circundava a ala oeste e terminava nos Fundos do Jardim de Além (inacabado). Ada espiou o enorme emaranhado de arbustos espinhosos e cicuta-dos-prados de todos os tamanhos. O telhado do Velho Depósito de Gelo estava praticamente encoberto, e não havia qualquer sinal do albatroz ou do Explorador Polar.

— Vamos por aqui — propôs ela, afastando Emily do depósito de gelo e tomando um caminho mais seguro.

Passaram pelo mato alto, fazendo o possível para evitar as urtigas e os espinhos. Um tempinho depois, Emily parou, tirou a caixa de madeira das costas, desatou seu banquinho e o jarro de água. Sentou-se com a caixa apoiada nos joelhos e levantou a tampa, abrindo os fechos de bronze. Ali dentro havia uma garrafa de água metálica e uma deslumbrante gama de aquarelas com nomes como Amarelo Nápoles, Vermelho Alizarina, Verde Hooker e Cinza Payne.

Emily encheu a jarra com a água da garrafa metálica e tirou uma folha grossa da pasta, que usou como apoio. Ada pisou no mato para esmagá-lo um pouco, e se sentou ao lado da amiga.

— O que você vai pintar? — perguntou.

— Aquela planta ali — respondeu Emily, apontando com o pincel para um grande arbusto de folhas amarelas e flores de um vermelho reluzente. — É uma Mimsy Borogrove, um belo espécime — observou.

— Eu vou desenhar um monstro — disse Ada, abrindo a caixa de lápis de cera. — Inventado por mim — apressou-se em acrescentar.

MIMSY BOROGROVE

Fez o retrato do Explorador Polar com seu enorme casaco de marinheiro, o rosto pálido e os olhos esmaecidos, unhas e lábios pretos. Como toque final, desenhou o albatroz pousado em seu ombro.

— Você tem uma excelente imaginação — observou Emily. — Imagine só se existisse alguém assim.

— Você é muito talentosa — disse Ada, tratando de mudar rapidamente de assunto.

Quando a pintura de Emily secou, ela a enfiou na pasta e guardou tudo.

Estavam no caminho de volta ao palácio quando Emily tropeçou em algo que a fez cair. Ada a ajudou a se levantar e afastou um pouco o mato alto. Ali, surgindo de um pedaço meio encoberto da trilha de cascalho, via-se uma das placas de Metafórico Smith.

— Caminho do Jardim Secreto — leu ela. — Este caminho está cheio de mato — observou. — Mas, se prestar atenção, dá para vê-lo direitinho.

— Que emocionante! Vamos segui-lo? — propôs Emily.

Ora uma ia na frente, ora outra, agachando para passar por sob ramos mais baixos e saltando os mais enredados, se embrenhando cada vez mais pelos Fundos do Jardim de Além (inacabado).

Acabaram chegando a uma parede alta, com uma portinhola de madeira. Na porta havia uma placa de metal em que se viam gravadas as palavras "O Jardim Secreto". Ada empurrou a porta, que foi se abrindo devagar, rangendo as dobradiças enferrujadas. Pegou a mão de Emily, e entraram.

O Jardim Secreto era uma bagunça.

O mato era da altura das duas meninas. Ervas daninhas de todos os tamanhos e formas cresciam nos canteiros de flor, e árvores velhas e retorcidas com galhos ondulados e entremeados que iam até o chão competiam por espaço.

Ada e Emily seguiram adiante de mãos dadas. Depois de algumas voltas e curvas labirínticas, depararam-se com outra parede, ainda mais alta que a primeira, com uma portinha de madeira ainda menor que a anterior.

Nesta porta havia também um placa de metal, onde se lia "O Jardim Ainda-Mais-Secreto".

Emily empurrou a porta.

Depois Ada também tentou.

Em seguida, as duas empurraram juntas, mas não teve jeito, ela não se mexia.

— Decepcionante! — exclamou Emily. — Adoraria ver o que tem aí dentro.

Ada se afastou um pouco e notou um buraco de fechadura.

— Está trancada — observou. — E não me surpreenderia se Malavesso tivesse a chave. Ah, não, já estava esquecendo! — disse ela subitamente. — Hoje é quarta-feira, dia de tomar chá com meu pai na grande galeria. Preciso voltar e trocar de roupa. Vamos ter que investigar isso outra hora.

— Se ainda quiser fazer parte do Clube do Sótão — disse Emily, quando chegaram de volta ao Terraço Veneziano —, encontre comigo e com William no alto da grande escadaria às dez horas da noite.

— Até lá! — respondeu Ada sem ar, correndo em direção ao quarto das roupas. Quando chegou ali, encontrou as roupas da quarta-feira esperando por ela. Pôs o vestido húngaro com um blazer e trocou as sapatilhas pretas pelas grandes e barulhentas botas. O relógio do seu tio-avô,* que ficava acima da lareira do quarto, bateu cinco badaladas.

— Não posso me atrasar — murmurou para si mesma, saindo depressa do quarto e atravessando o corredor fazendo o máximo

Nota de Pé de Página

*O relógio do tio-avô que ficava sobre a lareira foi um presente que Lorde Gotic ganhou do irmão de seu pai, Pequeno Ben, um relojoeiro amador que treinava ratos para subir nos relógios e lhes dar corda.

de barulho possível. Quando chegou à entrada da grande galeria, pisou com ainda mais força no chão.

— Entre, minha filha — disse Lorde Gotic, com uma voz aprazível e elegante.

Ada entrou marchando no aposento, com passadas que faziam as xícaras de chá tremerem.

— Tudo bem, tudo bem — tranquilizou-a Lorde Gotic —, pode parar de fazer barulho, já estou vendo você. — Ele evitava fitá-la diretamente, percebeu a menina. — Venha servir o chá.

Sentado em uma das duas *bergères* aladas perto das janelas, estava com as botas e a calça de montaria, o paletó de um fraque azul-claro com colarinho e punhos de pele cinzenta, e um dos magníficos lenços de seda que ficaram na moda por sua causa — eram conhecidos com Grovathas em sua homenagem. Pousou no colo o trabuco que estava polindo, e cruzou as pernas.

Ada fez uma breve reverência e observou que Lorde Gotic se remexeu, incomodado, quando seus olhos se cruzaram.

Ele desviou o olhar e ficou fitando os retratos que decoravam a parede à sua frente enquanto Ada foi até a chaleira de prata em cima da mesa e serviu duas xícaras. Ofereceu uma ao pai e pegou a outra, sentando-se na poltrona ao lado da dele.

Por um tempo, nenhum dos dois deu uma palavra. Ada não se importava com isso. Lorde Gotic era o mais famoso poeta da Inglaterra, e a menina tinha o maior orgulho de tê-lo como pai. Tomou um golinho do seu chá.

Lorde Gotic viu pelas janelas altas o pasto verde do Parque dos Cervos Adoráveis se ondular ao vento. A distância, o caríssimo rebanho de cervos ornamentais chineses pastava tranquilamente sob o sol do fim da tarde.

Em seguida, deixou a xícara de chá na mesa e, com ar pensativo, dirigiu o olhar para o magnífico teto da grande galeria.

— Malavesso comentou comigo que sua armadilha predileta sumiu — disse, com uma voz agradável e elegante. — Suponho que não saiba nada a respeito disso, não?

Ada ficou com os olhos pregados no interior de sua xícara.

— Não gosto de Malavesso — respondeu, com um fio de voz.

— Ninguém gosta de Malavesso — acrescentou Lorde Gotic —, mas ele trabalha no palácio desde sempre e, além do mais — prosseguiu ele, ainda evitando encarar Ada —, preciso dele para as caçadas internas. Portanto, não quero que fique bisbilhotando os arredores do Banheiro de Zeus.

— O Banheiro de Zeus? — indagou Ada, com um brilho nos olhos verdes. Estava curiosa.

— Na ala quebrada — disse Lorde Gotic, virando-se enfim para olhar a filha. — Foi construído pela Terceira Lady Gotic. É onde Malavesso choca os ovos de faisão em miniatura.

Lorde Gotic fez uma pausa, e Ada notou um conhecido ar de dor e tristeza tomar o rosto de seu pai.

Ele se levantou, pegou o trabuco e foi até a janela alta.

— Desde que a senhorita Delacroix nos deixou, você tem muito tempo livre, Ada — comentou ele em tom baixo. — Acho que já é mais que hora de pensarmos em contratar outra preceptora...

Ada suspirou e pôs a xícara na mesa.

— Agora, queira me desculpar — acrescentou ele tristemente —, mas tive uma vontade súbita de atirar nos gnomos do jardim.

Ada saiu da grande galeria e voltou para o quarto, onde encontrou a ceia esperando por ela. Ergueu a grande tampa de prata que cobria a bandeja. Ali debaixo viu um fedidoíche (duas fatias de pão recheadas com um pedaço de queijo Blue Gormly), uma maçã e um copo com refresco de flor de sabugueiro.

— Aposto que o cheiro está ótimo — disse uma vozinha ali por perto.

Ada olhou para baixo e viu Ishmael surgir com seu brilho pálido no meio do tapete turco.

— Mas como sou um fantasma, não preciso ter olfato nem apetite — acrescentou ele tristonho.

— Onde foi que você se meteu, sumido? — perguntou Ada.

Ishmael deu de ombros.

— Ah, estava por aí — disse de forma vaga. — Mas sempre acabo voltando para cá porque, ao que parece, você é a única que consegue me ver e ouvir. — Ele fez uma pausa e encolheu os ombros transparentes. — Por algum motivo que eu não entendo, aparentemente estou assombrando você.

— Por mim, tudo bem — disse Ada, que tinha se afeiçoado a Ishmael. — Pode me assombrar o tempo que quiser se isso faz você se sentir melhor.

O fantasma do rato suspirou.

— Muito gentil de sua parte — retrucou ele, com ar abatido.

Ada se sentou no divãzinho para comer, e ficou ouvindo Ishmael contar tudo sobre sua vida. Ele saiu

de casa quando ainda era um rato bem jovem, foi para o mar e viveu todo tipo de aventura que se possa imaginar.

— ...então fiz amizade com dois papagaios e um tucano... — dizia Ishmael, quando o relógio do tio-avô de Ada tocou lá no alto da lareira. Já eram dez horas.

— Está na hora! — exclamou ela, dando um salto e correndo até o pé da cama de oito colunas, onde escondia as sapatilhas pretas de couro. — Preciso ir. Vou encontrar uns amigos no sótão. Você não gostaria... — começou a dizer, virando-se para Ishmael — de vir comigo?

— Adoraria — respondeu ele, tremeluzindo. — E não se preocupe. Vou ficar mudo como um fantasma.

Capítulo cinco

Ada foi pé ante pé até o topo da grande escadaria, o mais silenciosamente possível, embora isso fosse bem difícil. Quanto mais subia, mais rangiam os degraus, e, quando se aproximou do sótão, cada passo produzia um ruído.

— Muito bem — disse Emily Cabbage, que a esperava. — Quase não a ouvi chegar.

Ada reparou que Emily estava com as pantufas de uso externo. Viu-se um movimento ondulatório quando William Cabbage se afastou da parede de gesso.

— Vá se vestir, William! — exclamou Emily. E mais um movimento se fez notar quando o menino deu um passo atrás nas sombras. Surgiu um segundo depois com um largo camisolão.

— Sigam-me — disse ele.

Caminharam pelo longo corredor do sótão, que cobria toda a ala oeste, e passaram diante de uma

fileira de portas fechadas. Um som baixo e sonoro de roncos preenchia o ar.

— São as ajudantes de cozinha — explicou Emily. — Elas vão se deitar às oito em ponto porque têm que acordar muito cedo.

Parou diante de uma das portas e bateu de levinho. A porta se abriu, e uma menina de avental e uma enorme touca surgiu na frente deles. Quando viu Ada, se assustou, depois ficou vermelha e fez uma ligeira reverência.

— Sou Ruby, a criada da despensa de fora — murmurou.

Ada sorriu e estendeu a mão.

— Por favor, me chame de Ada. Prazer em conhecê-la. Nenhuma das criadas havia falado comigo até hoje — contou a Ruby, que apertava timidamente sua mão.

— É porque a Sra. Bate'deira diz que não temos autorização para fazer isso — explicou Ruby.

RUBY, A CRIADA DA DESPENSA DE FORA

Olhou para William e Emily com o lábio trêmulo.

— Isso não vai me criar problemas, vai?

— O que acontece no Clube do Sótão permanece no Clube do Sótão — disse Emily, com firmeza.

Continuaram andando pelo corredor até dobrar numa escura passagem, ao final da qual se via uma escada presa à parede. Ela conduzia a um alçapão. Emily subiu a escada e abriu a portinhola. Olhou para Ada, que a observava lá de baixo.

— Bem-vinda ao Clube no Sótão — declarou, com um sorriso.

Ada subiu, seguida por Ruby e William. Passando pelo alçapão, viu-se num ambiente enorme, com teto inclinado e centenas de vigas e outros suportes estruturais. De um lado, perto do chão, havia umas janelinhas redondas pelas quais entrava o clarão da lua, que iluminava o chão de madeira coberto de poeira. No centro do sótão ficava uma mesa feita com caixas de frutas e, em volta dela, uns sacos recheados de feijões secos, com alguns espalhados pelo chão. Dois garotos, ambos mais velhos que

William, estavam sentados nos sacos. Quando viram Ada se levantaram de um salto.

— Não fiquem nervosos — pediu William. — Ada veio para participar do Clube do Sótão. Esse é Kingsley, zelador encarregado das chaminés, e esse é Arthur Halford, o cavalariço dos cavalinhos de pau.

Ada já havia visto os cavalariços dos cavalinhos de pau nos campos do Palácio Sinistro, mas, como as ajudantes de cozinha, eles nunca falaram com ela.

Arthur Halford era baixo, usava óculos de aro metálico e tinha um cabelo louro e revolto. Estava vestido com um jaleco todo manchado de óleo, com várias ferramentas atadas nele, e tinha uma Grovatha amarrada no pescoço.

O zelador encarregado das chaminés, Kingsley, por sua vez, era alto e magro, tinha o cabelo preto

ARTHUR HALFORD, O CAVALARIÇO DOS CAVALINHOS DE PAU

espetado e dois escovões atados nas costas, como asas repletas de fuligem. Usava umas joelheiras de couro e botas pretas, que eram ainda maiores e mais barulhentas que as de Ada.

— Eu era o zelador aprendiz, mas, quando Van Dyke, o zelador das chaminés, foi embora com sua preceptora, fui promovido — contou Kingsley, com um sorriso.

— E eu tomo conta de Pegasus, o cavalinho de pau do seu pai — informou Arthur, que não queria ficar por baixo. — Estou preparando-o para a corrida de bicicletas metafóricas.

William, Emily e Ruby se sentaram cada um num saco. Kingsley e

KINGSLEY, O ZELADOR RESPONSÁVEL PELAS CHAMINÉS

Arthur dividiram um único para que Ada tivesse um só para ela.

— Declaro aberta esta sessão do Clube do Sótão — disse Emily, golpeando a mesa com uma colher de pau que Ruby tinha acabado de passar para ela. — Quem quer falar primeiro?

Arthur e Kingsley tentaram pegar a colher de pau das mãos de Emily, mas William foi mais rápido. Segurando a colher de pau, mudou de cor, mimetizando-se com as sombras cinza-azuladas às suas costas.

— Andei fazendo camuflagens muito interessantes recentemente — contou ele —, na parte antiga do palácio.

— A ala quebrada! — exclamou Ada animada.

Emily pegou a colher da mão de seu irmão e a entregou para Ada.

— Só a pessoa com a colher é que pode falar — explicou.

Ada pegou a colher.

— A ala quebrada — repetiu, mais calma, antes de devolver a colher a William.

— Isso mesmo — disse William. — Dois dias atrás eu segui o guarda-caça Malavesso. Ele estava pegando ratos de suas armadilhas e depois voltava a armá-las com um pedaço de queijo...

Ada ouviu Ishmael soltar um gritinho abafado, mas ninguém mais pareceu ouvir. Olhando para baixo, viu sua silhueta translúcida a seus pés.

— Ele abriu umas portas duplas com alças de bronze e entrou — prosseguiu William. — Com certeza estava tramando alguma coisa. Mas fechou a porta antes que eu pudesse dar uma olhada lá dentro.

Ada pegou a colher de novo.

— Esse aposento se chama Banheiro de Zeus, e é onde Malavesso choca os faisões em miniatura para a caçada interna do meu pai — contou ela. Ruby estendeu a mão e gentilmente pegou a colher de Ada com um sorriso de desculpas.

— A Sra. Bate'deira diz que está farta de Malavesso e seus pedidos estranhos — informou. — Primeiro pediu um Blue Gormly para as armadilhas, depois foi aveia em pó, um saco inteiro, e ainda três salmões defumados, sem falar nas cenouras do Jardim da Cozinha.

Emily levantou a mão, e Rudy lhe deu a colher.

— O que quer que ele esteja mantendo lá dentro, é algo com um apetite no mínimo interessante — disse. — Aveia em pó, salmão defumado, cenouras e ratos mortos...

Ada ouviu um soluço estrangulado terminando num guincho.

— Proponho que o Clube do Sótão descubra o que Malavesso está escondendo no Banheiro de Zeus — concluiu Emily, olhando os companheiros.

— Se quiserem saber minha opinião — disse Ada, pegando a colher —, vindo de Malavesso não pode ser boa coisa.

No resto da reunião examinaram os relatos dos outros membros. Kingsley, o zelador responsável pela chaminé, era um talentoso escalador e descobriu algumas chaminés ornamentais* na ala leste que gostaria de mostrar aos outros. Arthur Halfford, por sua vez, era um mecânico excelente e havia aperfeiçoado as armaduras de segurança que eles poderiam usar para fazer isso.

Ruby, uma cozinheira de mão cheia, disse que conseguiria tudo de que pudessem precisar

Nota de Pé de Página

* As chaminés ornamentais do Palácio Sinistro são as mais elegantes da região. Alguns exemplos entre as mais ornadas são as torneadas do Palacete Caramelo, as pontiagudas da Mansão do Ouriço e as Seis Chaminés de Henrique VIII.

para uma festa da meia-noite no telhado, e William anunciou que pegaria emprestado o telescópio do pai, para que pudessem observar as estrelas.

Ada não disse nada. Cada membro do Clube do Sótão tinha um talento especial, ao que parecia, exceto ela.

— O que eu posso fazer? — indagou.

— Você tem uma imaginação incrível — respondeu Emily, apertando a mão da amiga. — Tenho certeza de que vai pensar em algo.

Às onze, Emily pôs a colher de pau na mesa de caixas de frutas, e todos se retiraram para ir dormir.

— Quando vai ser a próxima reunião? — sussurrou Ada ao se despedir de William e Emily ao pé da escada.

— No mesmo horário na semana que vem — respondeu Emily.

— Mas a caçada interna é sábado à noite! — exclamou Ada. — Só faltam três dias.

— Não se preocupe, podemos falar sobre nossa investigação do Malavesso amanhã no café da manhã — tranquilizou-a Emily.

Ada desejou-lhes boa noite e voltou para o seu quarto. Brilhando fraquinho no escuro, Ishmael a seguia.

A menina encontrou sua camisola sobre o divã de dálmata e se trocou para ir deitar. Depois, bem sonolenta, deu um bocejo, deitou-se na cama com dossel de oito colunas, apagou a vela e fechou as cortinas antes de pegar no sono.

— Que dia estranho esse — observou Ishmael, com um pequeno suspiro.

Capítulo seis

Ada sentou-se na cama e espiou em meio à escuridão. Tinha sido acordada pelo barulho de rodas de carruagem passando no caminho de cascalho lá fora. Acendeu sua vela e atravessou, pé ante pé, seu enorme quarto para olhar da janela.

Bem em frente à escadinha que levava à imponente varanda do Palácio Sinistro havia uma carruagem preta puxada por quatro cavalos pretos com penas pretas recurvadas presas em suas rédeas pretas. Bem devagar, a porta da carruagem se abriu, e uma mulher saiu lá de dentro. Usava um vestido e uma jaqueta pretos, luvas e sapatos pretos, um grande chapéu preto e um véu fechado. Em uma das mãos carregava uma grande bolsa preta com estampa de caveiras, e na outra, um guarda-chuva preto. Ada se afastou da janela quando a mulher começou a subir a escada sem fazer barulho algum. Segundos mais tarde ouviu um "toc-toc-toc". Eram as batidas da mulher na porta da frente.

Mais uma vez, pôde-se ouvir o barulho produzido no cascalho pelas rodas da carruagem preta, que parecia não ter condutor e sumiu dentro da noite. Lá embaixo, Ada escutou os rangidos da porta se abrindo e a voz sibilante de Malavesso dizendo:

— Pois não?

— Sou a senhorita Bórgia, da Agência Paranormal de Preceptoras — informou uma bela e cantarolante voz, com um toque de sotaque estrangeiro.

— Entre — ordenou Malavesso rigidamente. — Os aposentos das preceptoras são na cúpula. Lorde Gotic não gosta de ser incomodado.

— Eu sei — disse a senhorita Bórgia, com suavidade. — É por isso que estou aqui. A agência é especializada em educação de crianças inconvenientes.

— Inconveniente é uma palavra bem apropriada — murmurou Malavesso. — E não deixe que ela a engane com suas botas barulhentas e seus bons modos — prosseguiu Malavesso, e aquela voz causou um arrepio em Ada. — É bem ardilosa, a garota Gotic.

Depois, Ada deve ter caído no sono, porque soube que já eram nove horas, segundo as badaladas do relógio do seu tio-avô, que ficava em cima da lareira.

Ela bocejou, se espreguiçou e se levantou da cama.

No quarto de vestir encontrou o traje de quinta-feira — um vestido veneziano de tafetá, um casaquinho otomano com pompons e um chapéu vermelho com uma borla pendurada. Ada se vestiu, estava prestes a calçar as enormes botas barulhentas quando se deteve.

Virou-se e caminhou de volta a seu enorme quarto e pegou, debaixo da cama de oito colunas, as sapatilhas pretas.

Foi até a porta e a abriu para dar uma espiada. Não havia qualquer sinal da preceptora ou de Malavesso. Saiu na ponta dos pés e caminhou pelo corredor o mais silenciosamente possível.

Quando chegou à pequena galeria, Emily e William Cabbage a esperavam perto do bufê jacobeano.

— Salsichas de veado ao molho de cebolas carameladas ou harenques com crosta de mingau e molho de morangos? — perguntou William, erguendo as tampas das bandejas e ficando marrom, depois amarelo e, enfim, vermelho.

— Ovos cozidos com torradas — respondeu Ada.

— Delicioso! — exclamou Emily, quando terminaram. — Sabe, é tarefa de Ruby cortar as torradas em formato de soldado. Ela escolhe um regimento diferente a cada manhã.

William, que estava sentado próximo à cortina e tinha adquirido uma padronagem floral, deixou cair uma torrada e apontou para algo que viu pela janela.

— Olhem! — exclamou. — É o guarda-caça interno.

Ada e Emily foram olhar. Malavesso andava a passos largos pelo caminho de cascalho que havia na parte externa do Palácio Sinistro.

— O que o guarda-caça *interno* está fazendo na área *externa*? — perguntou Emily.

— Deve estar indo para o quarto dele — respondeu Ada.

— Quando não está trabalhando, Malavesso mora no jardim.

— Vamos atrás dele — propôs William.

Desceram depressa a grande escadaria e viraram na ala leste. Passaram correndo pelo salão egípcio, pelo salão pré-Colombiano e pelo salão chinês, onde Charles Cabbage se concentrava em seu trabalho de inventor. Seguiram adiante, passando por outros aposentos — cujos móveis estavam cobertos para não pegar poeira há mais tempo que Ada conseguia imaginar — até chegarem às cozinhas.

Na despensa interna, as criadas limpavam potes, etiquetavam conservas e enchiam caixas com gelo recém-chegado do Novo Depósito de Gelo. Nenhuma delas ergueu a cabeça ou pareceu notar a presença de William, Emily e Ada passando, apressados.

No saguão, várias recepcionistas chorosas selecionavam colheres de pau e as dispunham em potes de acordo com seus tamanhos. Também estavam ocupadas demais para notá-los.

Na grande cozinha, encontraram a Sra. Bete'deira sentada em uma enorme cadeira de balanço ao lado de fornos gigantescos. Folheava freneticamente

um grande livro caindo aos pedaços, cujas páginas estavam cobertas de bilhetes pregados com cola feita de farinha e água. Usava uma imensa touca, que diminuía seu furioso rosto vermelho, e um avental do tamanho de uma considerável toalha de mesa. Na cintura trazia pendurados sacos de confeiteiro, martelos de carne, batedores de ovos e rolos de abrir massa de diversos tamanhos e formatos, que tilintavam quando ela se mexia.

— Agnes, ferva esses ovos! — rugiu a Sra. Bate'deira como um leão-marinho irritado.

As chorosas ajudantes de cozinha se empurravam e davam cotoveladas umas nas outras enquanto trabalhavam e circulavam em volta das três mesas da cozinha, cobertas de tigelas, bandejas e medidores.

— Vamos! — exclamou William. — Não podemos deixá-lo escapar!

Ada e Emily cruzaram a cozinha depressa atrás do menino e entraram na despensa externa. Era um pequeno cômodo com o pé-direito extremamente alto. As paredes eram cobertas de estantes e prateleiras, cheias de especiarias, ervas, farinha, açúcar, tinturas e extratos em garrafinhas. Do teto pendiam maços de salsa, sálvia, alecrim e tomilho, além de sopeiras e várias taças de sorbet.

Sentada em um banquinho alto, Ruby, a criada da despensa externa, esculpia uns rabanetes com toda paciência para fazer cavalinhos-do-mar que decorariam o caldo de Netuno da Sra. Bate'deira. Quando viu Ada, ficou vermelha de vergonha.

— Oi, senhorita G... Ada — disse.

— Estamos seguindo Malavesso — sussurrou Ada. — Adorei esses cavalinhos-do-mar. Você é muito habilidosa.

Ruby ficou vermelha de novo.

— Nelly! Netunize esses camarões AGORA! — berrou lá da cozinha a Sra. Bate'deira.

Ada, William e Emily saíram correndo da despensa externa e foram para o Jardim da Cozinha.

— Cuidado! — sussurrou William, empurrando Ada e Emily para trás de uma trepadeira de feijões e, então, ficando verde. — Ele está vindo ali.

Nota de Pé de Página

*A Sensata Loucura foi construída por Metafórico Smith de modo a parecer um templo grego em ruínas, mas tinha um bom telhado, calhas bem decentes e excelentes canos, ao passo que bem perto dali, o Lago da Carpa Extremamente Tímida, na verdade, era apenas um lago no qual Metafórico Smith esquecera de pôr outros peixes.

Malavesso dobrou a esquina no Novo Depósito de Gelo e caminhava por um canteiro de flores do jardim do quarto. Ao chegar à Sensata Loucura,* Malavesso pegou uma das chaves do molho atado à sua cintura, destrancou a porta da frente e entrou.

Ada, Emily e William atravessaram o jardim do quarto e se aproximaram do prédio. Agachados, e com todo cuidado, se aproximaram para olhar pelas janelas gregas. Malavesso estava sentado à escrivaninha com um envelope nas mãos.

Ada, Emily e William viram o guarda-caça interno abrir o envelope com um abridor de cartas, ler o papel que tirou dali e depois afixá-lo na parede com uma tachinha. Depois ele pegou novamente o

envelope e tirou algo que parecia um cheque dobrado. Desdobrou-o cuidadosamente e o ergueu em direção à luz. No papel finíssimo podia-se ler as palavras "O Banco da Bavária pagará cinco libras ao portador deste bilhete".

William deu um assovio bem baixinho. Tinha assumido a cor do mármore.

— É uma boa grana! — sussurrou.

Malavesso se levantou e foi até a cama. Abaixou-se e puxou dali de baixo uma caixa metálica, que destravou. Ali dentro havia mais bilhetes bancários. Malavesso pôs o bilhete de cinco libras em cima dos outros e fechou a caixa antes de fazê-la deslizar para baixo da

Estimado senhor,

É grande minha expectativa para a festa no palácio de Lorde Gotic e acredito que seus preparativos estejam concluídos. Segue o último pagamento.

João e Maria esperam impacientes pela grande noite!

Atenciosamente,

Rupert van Hellzung

CRETA
REVISTA LITERÁRIA

C R E T A

Ilha do sol mar areia e literatura

ANÚNCIOS

Sr. OMALOS, o fauno, tem o prazer de anunciar um evento especial que ocorrerá somente nesta semana — se o clima permitir

A DEGUSTAÇÃO DE BREVES LIVROS DE POESIA

Deliciosos volumes em verso, desempoeirados, com capa de couro, para os gostos mais requintados

CONCURSO DE SALTOS DE HIBÉRNIA
GAZETA

Hamish, o Centauro de Shetland, fez um circuito perfeito nas provas para pôneis de Shetland na ilha de Jura. Os outros competidores, Shaggy Casco Valente e Jock, o bode, também realizaram uma prova brilhante, e acabaram quase empatados em segundo lugar. O público, no entanto, foi bem decepcionante. A multidão consistia basicamente de papagaios e de alguns agricultores descontentes.

Um minotauro de Egg ficou em primeiro lugar no campeonato de lançamento de troncos realizado em Edimburgo durante o Festival Literário

FABERCROMBIE
e
ITCH

TECELÕES INTELECTUAIS DO OESTE DE LONDRES
CONVOCAM UMA
REUNIÃO PÚBLICA

PARA RECEBER OPINIÕES e pedir ajuda com a vestimenta
de dois GRANDES SÍMIOS DA SELVA BATAVIANA,
recentemente resgatados das crueldades do
ZOOLÓGICO ITINERANTE DE VAN DER HUM.

— Os nomes são: —

O SELVAGEM DE   e   A ESPOSA DE
PUTNEY   BARNES

Marinheiros Antigos e Modernos
JORNAL

ÁGUA, ÁGUA POR TODA PARTE   NEM UMA   GOTA PARA BEBER

A ÍTACA AO AR LIVRE
APRESENTA A ÓPERA
A ODISSEIA

Com a Sirene Sesta e as Harpias

Tos et ius, secaepratas aritios siminimendam eium esequi ulpa inimetust, tem quia quia volores serumque parupta siminctatior aut doloresUr aditiis ibationse pero voluptatur sum et in praturi tiatia doluptum volorumtem custion nequae asi consed que earumquat omnihillaut aceperum nus aut voluptami audi sit iam et qui ut haribus alic tota sed mo ma nis modist, cusda con con repudae rfrrore pelignam consed et odia con parciur iscius alignim agnatestem que ne vendia ipid quam estrumqui berum fuga. Nem. At latissimiliae nobiscem fuga. Nequam res ut offic tem antis non fuga. Nequam con perum nobit ad moluptat volumqui ut dolorro invelen dandianisAd quistis de nis molorem. Ovidele smimusto eum endi quiat porpos dolorporro il in re iminus quis endis ut odis ante veruptatque si vella quis renditi ostium quas et alique is dolor ma ate voluptati apieimi liquuntis sobit, vendemquiam ratendis et re nossedit, coribus dolupta eptatur sa illa sandaepatur sollatus? Qvidencia eatempor aut volorempor sum simagnimi, sequae vel et volorum fuga. Nam qui ut voluptatem uta ducdi quatquam quatus a dis volut voluptaquam quidemp erepuda ndiciat quasim inci volenecta vel impore, qui omnis expelit Verempor umque porro mintium voloritas enimoduciem volo dolo magnam quia dem. Iliquamet omniandit, in num rest ut exerum nimil ipicilis accullu dignimi eliquis es consed

cama. Soltou um riso abafado e se deitou, fechando os olhos.

Ada estremeceu ao ver o sorriso fino e desagradável no rosto do guarda-caça.

William pressionou o nariz no vidro da janela e estreitou os olhos para ler a carta afixada na parede acima da escrivaninha.

— "Estimado senhor" — leu o menino. — "É grande minha expectativa para a festa no palácio de Lorde Gotic e acredito que seus preparativos estejam concluídos. Segue o último pagamento. João e Maria esperam impacientes pela grande noite! Atenciosamente, Rupert von Hellsung." O que Malavesso está aprontando? — murmurou. — Que preparativos? E quem são João e Maria?

— Parece algo bem sombrio — disse Emily, abanando a cabeça.

— Uma coisa é certa — acrescentou Ada. — Malavesso está fazendo algo de errado!

Em sua pequena cama, o guarda-caça interno parecia roncar.

— Espere aqui — ordenou Emily ao irmão —, para o caso de ele acordar. Ada e eu vamos até o Banheiro de Zeus descobrir o que ele está escondendo por lá. Deve ter a ver com esses "preparativos".

Capítulo sete

Ada conduziu Emily pelo saguão até a tapeçaria, que afastou para deixar à mostra a portinhola que dava acesso à ala quebrada.

— Siga-me — disse a menina.

Desceram um lance da escada de pedras e atravessaram o longo corredor com portas enfileiradas dos dois lados. Ada se deteve e abriu uma das portas. As duas entraram no aposento, que estava vazio, exceto pelo velho armário no qual estavam pendurados uns casacos de pele roídos pelas traças. Ada fechou a porta e sacudiu a cabeça.

— Tinha certeza de que o Banheiro de Zeus era por aqui... — observou.

Nesse instante, do fundo do corredor ouviu-se uma cantoria. Era uma voz suave e melodiosa, muito, muito bonita.

Ada e Emily seguiram o som. Vinha do interior de uma porta dupla com puxadores metálicos.

— O Banheiro de Zeus! — exclamou Ada animadíssima.

Emily pegou um dos puxadores, Ada, o outro, e forçaram a porta. Assim que entraram no aposento e deram uma olhada à sua volta, a cantoria parou.

No centro do aposento havia uma piscina cheia de uma água parada e lodosa, e no meio dela podia-se ver uma rocha que abrigava um ninho. Sentada ali estava a criatura mais estranha que Ada havia visto. Com cabeça de mulher e o corpo de um pássaro avantajado, aquele com certeza não era o salão dos faisões em miniatura.

A mulher-pássaro olhou para elas. Seus olhos eram

A SIRENE SESTA

de um azul-marinho profundo, o cabelo era preto como as asas da graúna, os cachos escuros presos para trás com uma presilha de bronze reluzente.

Seu corpo era coberto de penas da cor das algas escuras. Já seu rabo e suas asas eram de um dourado intenso, que combinava com o tom reluzente de suas patas.

Ada não conseguia tirar os olhos da criatura. De todas as coisas estranhas e esquecidas com que se deparou nos aposentos da ala quebrada, aquela era a mais estranha e mais bonita.

Ao seu lado ouviu uns barulhos vindos da caixa de aquarela que Emily tirava dos ombros; o banquinho já montado, com o frasquinho de água ao lado.

— Olá — disse Ada, da forma mais clara e educada que conseguiu. — Meu nome é Ada. Prazer em conhecê-la.

A mulher-pássaro inclinou a cabeça para o lado como uma gaivota curiosa, e Ada pôde ver uma fileira de dentes afiados que cintilavam quando ela falava.

— Eu sou Sesta, a sirene — respondeu, com um tom musical. — Estrela da Companhia Ítaca Ao Ar Livre... Na verdade, é uma espécie de rocha no mar — acrescentou, com um sorriso resplandecente. — Ainda assim, os marinheiros vêm de todos os lugares para me ouvir cantar.

— O que está fazendo aqui? — perguntou Ada.

Emily tirou uma folha do seu bloco de desenho e começou a pintar, com os olhos totalmente arregalados.

— O célebre Lorde Gotic! — exclamou a sirene. — Ele me convidou pessoalmente. Convidou também as minhas coristas: Órfia, Eurídice e Perséfone.

Ada estava tão admirada pela visão da mulher-pássaro que não percebeu a gaiola pendendo do teto.

ÓRFIA, EURÍDICE E PERSÉFONE, AS HARPIAS

Ela continha, via agora, três outras mulheres-pássaro muito menores que a Sirene Sesta, de olhos grandes e pontiagudos narizes afilados.

— É um prazer conhecê-la — disseram em coro, agitando-se no puleiro.

— Veja aqui... — A Sirene Sesta remexeu dentro do ninho e tirou dali, com as garras, um convite de bordas douradas que estendeu para Ada ler.

— O que não compreendo — prosseguiu a sirene, agitando as penas e sacudindo a pata — é o motivo de o empregado de Lorde Gotic, quando chegamos aqui, ter feito isso comigo. Veja!

Para a senhorita Sirene Sesta e as Harpias
Lorde Gotic tem a honra de convidá-las para a
Festa Campestre
NO
Palácio Sinistro
EM SINISTRENSE – INGLATERRA
POR OCASIÃO DA
CORRIDA ANUAL DE BICICLETAS METAFÓRICAS
E
A CAÇADA INTERNA

Ada olhou.

A pata da Sirene Sesta estava presa com uma algema ligada a uma corrente atada a uma argola na borda da piscina.

As harpias sacudiram as barras da gaiola, e Ada viu que ela estava fechada por um pesado cadeado.

— O criado de Lorde Gotic me alimenta com peixe defumado e dá ratos mortos para as meninas. — Os olhos escuros da Sirene reluziram, e ela abriu as asas douradas. — Mas somos artistas, não podemos viver assim! — Sua bela voz ecoou pelo aposento.

— Assim, assim, assim — repetiam em uníssono as harpias na gaiola logo acima. O olhar da Sirene Sesta se fixou em Emily Cabbage e em suas aquarelas.

— Você é muito bonita — disse Emily, misturando um verde-alga para pintar as penas de Sesta.

A Sirene estava parada como uma estátua olhando lá de cima para Emily.

— Vejo que você também tem alma de artista — arrulhou ela. — Vai capturar minha beleza e... meu sofrimento.

Ada observou o ferrolho da algema presa na pata de Sesta.

— Sinto muito, deve ter havido algum mal-entendido — disse. — Vou falar com meu pai, o Lorde Gotic.

Mas Ada sabia que aquilo não era um mal-entendido. Malavesso convidou a Sirene e as harpias para o Palácio Sinistro e as aprisionou, e a garota tinha uma horrível sensação de que sabia o motivo...

Deu uma olhada por todo o Banheiro de Zeus. Não havia nenhum faisão em miniatura à vista, e a Caçada interna estava marcada para daqui a duas noites, no sábado.

— Você é filha de Lorde Gotic? — indagou Sesta ainda mantendo a pose. — Gostei de você. Achei você muito educada, ao contrário do criado de Lorde Gotic.

Nesse instante, William Cabbage passou correndo pelo batente da porta dupla. Estava com uma cor de escuridão e teias de aranha, mas, assim que soltou o ar, mudou a aparência para um mármore empoeirado. Fechou a porta e se voltou para Ada e Emily.

— Malavesso! — exclamou, sem ar, abrindo a jaqueta e desabotoando a camisa. — Ele acordou... Está vindo... para cá!

Mais que depressa Emily juntou suas aquarelas, enfiou tudo na caixa que levava às costas e jogou a água suja na piscina. Olhou para Ada e novamente para William.

— Tudo bem para você, William — disse ela agitada. — Você consegue se mimetizar, mas não há nenhum lugar para mim e para Ada nos escondermos.

Ada olhou em volta. Emily tinha razão. Já dava para ouvir os passos de Malavesso no corredor se aproximando do Banheiro de Zeus.

— Ada, Emily, por aqui!

Ada viu a lareira que havia na parede à sua frente.

O rosto sujo de fuligem de Kingsley, o zelador encarregado das chaminés, surgiu de cabeça para baixo na abertura da lareira.

— Segurem cada uma em uma de minhas mãos!

Ada e Emily correram até lá e pegaram nas mãos estendidas de Kingsley.

— Subindo!

Kingsley estava pendurado pelos tornozelos em uma espécie de aparelho com roldanas. De repente, Ada se viu sendo sugada pela chaminé numa velocidade impressionante, com os velhos e sujos ladrilhos passando à toda diante de seu nariz.

Momentos depois, foram

atirados para o lado de fora e estancaram no alto da engrenagem. Ada e Emily soltaram as mãos de Kingsley e pisaram na chaminé ornamental de que tinham acabado de sair. Sobre ela havia um tripé de madeira com uma corda passando por uma polia, além de um contrapeso e uma manivela, que Arthur Halford segurava. Ele se aproximou e desatou a corda amarrada nas grandes e barulhentas botas de Kingsley, e o zelador das chaminés pulou para se juntar aos demais.

— Essa é uma invenção minha — contou Arthur todo orgulhoso. — É um ergue-vassouras, meio como aqueles elevadores de pratos para garçons, só que usado para chaminés.

— Meio modernoso para o meu gosto — observou Kingsley, sem querer perder os méritos —, mas é bom para sair de enrascadas depressa. — Ele sorriu, e Ada corou.

— William nos avisou para ficarmos de prontidão, caso vocês precisassem de ajuda — explicou Arthur. — Os membros do Clube do Sótão estão sempre juntos.

— Obrigada, Arthur — disse Emily, batendo o pó de sua pasta. — Malavesso quase nos pegou. Que sujeito perverso! E vocês não vão ACREDITAR quem acabamos de conhecer. Uma criatura estranhíssima, mas muito bonita...

— Por falar em criaturas estranhas — interrompeu-a Arthur —, hoje de manhã descobri algo muito interessante nos prédios deteriorados que ficam atrás dos Estábulos dos Cavalinhos de Pau. Vocês precisam ver com os próprios olhos.

Arthur e Kingsley recolheram o ergue-vassouras, e, em seguida, Kingsley os conduziu pelos desordenados telhados da ala quebrada. Mostrou-lhes a chaminé ornamental mais interessante enquanto subiam em telhas, andavam com todo cuidado pelas pontas do telhado e desciam mais depressa pelas canaletas. Chegaram enfim a um arcobotante com degraus de pedra que os levaram até lá embaixo.

— Tome cuidado — orientou Kingsley, com um sorriso, dirigindo-se a Ada, que sentiu-se corar. Ele deu meia-volta e retornou trotando para o telhado, confiante como uma cabra-montesa.

Ada segurou a mão de Emily enquanto desciam os degraus de pedra e seguiam Arthur até a parte de trás da ala oeste.

À medida que se aproximavam, Ada pôde ver os Estábulos dos Cavalinhos de Pau. Era uma construção longa e baixa, com uma série de oficinas

e portas de estábulos entreabertas. Dentro de cada oficina, cavalariços de jaleco, como Arthur, davam duro, debruçados sobre as forjas onde aqueciam as rodas e martelavam as curvas dos guidões, ou sentados em um banco de carpinteiro, lixando o corpo recurvado de bicicletas. Nas paredes, além das ferramentas dispostas em suportes, penduradas por ganchos, viam-se os próprios cavalinhos de pau.

— Sou responsável por este aqui — disse Arthur, apontando para a esplêndida bicicleta com um cavalo alado esculpido na frente. — É o cavalo de pau preferido de Lorde Gotic. — Passaram pelos estábulos até chegarem a uma série de pequenos celeiros com parte dos telhados desabados, e com as paredes escoradas por estacas de madeira e andaimes.

— Esses são os Estábulos Instáveis — apresentou Arthur. — Quase ninguém vem aqui atualmente.

Emily e Ada se mantinham bem perto, seguindo o menino, que abriu uma porta bem instável e entrou naquele ambiente escuro, coalhado de sombras. Em poucos segundos, os olhos de Ada se

Nota de Pé de Página

*Os centauros de Shetland são apenas uma das criaturas míticas que vivem na Escócia. Os ciclopes de Glasgow e a górgona de Edimburgo são bem conhecidos, mas os Arenques defumados e a sereia cospe-fogo são mais esquivos.

acostumaram à penumbra, e ela soltou um gritinho de surpresa.

Havia ali duas criaturas acorrentadas à parede pelos tornozelos: uma enorme e outra pequenina. As duas tinham um aspecto bem incomum.

— Este é Hamish — apresentou Arthur. — Ele é um centauro de Shetland.*

O centauro bufou e bateu a pata no chão.

— E esse é o Sr. Omalos, um fauno montanhês da ilha de Creta.

O fauno baixou o pequeno livro de poesia que estava mordiscando, e arregaçou as mangas do blazer maltrapilho de veludo verde que usava.

— Esta é Ada, a filha de Lorde Gotic — disse Arthur. — E sua amiga Emily Cabbage.

Emily já tinha aberto a caixa de aquarela e estava fazendo uns esboços na maior empolgação.

Arthur se voltou para o fauno.

HAMISH, O CENTAURO DE SHETLAND

SR. OMALOS, O FAUNO

— Diga a elas o que me disse hoje de manhã.

— Bem — principiou o Sr. Omalos, com uma voz profunda e mal-humorada, que, sabe-se lá como, tinha um tom gentil. — Sou apenas um humilde fauno, metade bode, metade colecionador de livros. Tenho faro para livros velhos; quanto mais empoeirados, melhor, mas apenas mordisco as margens, nunca as palavras: a tinta pode ser um tanto quanto amarga...

— O que o meu amigo está tentando dizer a vocês... — interrompeu o centauro de Shetland, com um breve relincho — é que o seu pai, Lorde Gotic, nos convidou para uma festa campestre. Cada um de nós recebeu um convite personalizado, mas alguém que prefiro não nomear os comeu antes de chegarmos aqui...

— Desculpe — pediu o Sr. Omalos, com um ar meio envergonhado.

— Seja como for — bufou Hamish —, o guarda-caça daqui nos trouxe para estes estábulos e nos acorrentou quando estávamos dormindo. Não está certo. Meu pasto pode ser um pouco selvagem e ventoso, mas pelo menos posso correr por lá!

O pequeno centauro deu um coice com a pata traseira acorrentada e cruzou os braços, encarando Ada.

— Sinto muito — disse ela. — Lorde Gotic chama todo tipo de convidados para suas festas campestres, e, por vezes, as coisas ficam meio confusas...

Ela não queria assustar essas pobres criaturas mencionando suas suspeitas a respeito de Malavesso e a caçada interna.

O centauro bufou.

— A aveia em pó não estava de todo ruim — reconheceu.

— E as cenouras eram deliciosas — acrescentou o fauno —, embora estivessem talvez frescas demais para o meu gosto...

Quando Emily terminou sua pintura, ela e Ada voltaram para o palácio. Arthur já tinha ido embora porque a corrida de bicicletas

metafóricas e a caçada interna seriam dali a apenas dois dias e ele tinha muita coisa para fazer.

— Você tem que contar ao seu pai o que Malavesso está aprontando — disse Emily, quando chegaram ao Terraço Veneziano.

— Vou contar... — prometeu Ada, franzindo a testa. Voltou-se para a amiga e perguntou: — Você ainda tem papel sobrando do seu bloco de desenho?

Emily assentiu.

— Então tem algo que temos que fazer antes — concluiu Ada.

Capítulo oito

— Você sabe subir em árvores? — perguntou Ada a Emily, quando estavam diante da porta que dava para o Jardim Ainda-Mais-Secreto.

— Sei, sim — respondeu Emily, sem muita segurança.

— Subir em árvores é uma das coisas que eu mais gosto de fazer — comentou Ada. — Acho que herdei da minha mãe o senso de equilíbrio e o gosto pela altura. Ela era uma famosa equilibrista da Tessalônica. — Ada abriu o medalhão e mostrou à amiga a foto em miniatura que carregava ali dentro.

— Você é a cara dela! — exclamou Emily.

Ada sorriu. Depois fechou o medalhão e apontou para uma árvore ao lado do grande muro.

— Esta árvore é perfeita — disse. — Basta me seguir, imitando todos os meus movimentos.

— Vou tentar — concordou Emily.

Tirou das costas a caixa das aquarelas e pôs no chão a pasta com seus desenhos para facilitar a escalada, mas manteve um lápis atrás da orelha e guardou uma folha dobrada no bolso.

Ada subiu na árvore com a maior facilidade, usando os pés e as mãos. Emily a seguiu cautelosa. No alto, Ada escolheu um galho que passava por cima do muro, entrando na área do Jardim Ainda-Mais-Secreto, e engatinhou ao longo dele.

Emily seguia logo atrás, avançando mais devagar. Chegaram a um ponto em que o galho se dividia em ramos menores, repletos de grandes folhas verdes e espinhosas castanhas-da-índia.

— Castanheiras-da-índia grandes assim são as mais divertidas de se escalar — observou Ada. Sua amiga estava agarrada à árvore, tentando não olhar para baixo. Ada afastou as folhas à sua frente.

— Olhe! — exclamou.

— Não consigo — respondeu Emily.

Ali embaixo via-se um jardinzinho quadrado, pavimentado com cascalho e umas pedras maiores. À diferença dos outros jardins que tinham explorado, o Jardim Ainda-Mais-Secreto era incrivelmente limpo e arrumado.

Bem no meio, havia uma elegante construção de ferro fundido e vidro, com uma pequena plaquinha de madeira ao lado, onde se lia "A Estufa da Harmonia". Lá de cima do galho, Ada podia ver através do telhado de vidro. Dentro da estufa, havia enormes vasos contendo plantas estranhas com folhas coloridas e frutos exóticos pendendo em cachos.

Ada viu outra coisa que a fez arquejar. Justo o que tinha suspeitado.

— Acho que não tenho seu dom para altura — constatou Emily, empalidecida.

— Pode me emprestar o lápis e o papel então? — pediu Ada.

— Se conseguir pegá-los... — respondeu a menina. — Preferia não largar esse galho.

Ada tirou o lápis de trás da orelha de Emily, depois puxou de seu bolso o papel e o desdobrou. Em seguida voltou sua atenção para a Estufa da Harmonia e para as duas figuras que tinha visto sentadas lá dentro.

Eram grandes símios, com rosto marrom e uma bela pelagem alaranjada. Os dois estavam vestidos de forma elegante e impecável. Ada fez um retrato esmerado de ambos e estava prestes a dobrar o papel e enfiar no bolso de Emily quando ouviu um barulho de chave na fechadura. Ficou paralisada. Lá embaixo, a porta do Jardim Ainda-Mais-Secreto se abriu, e Malavesso entrou, trazendo um carrinho de madeira.

Aproximando-se da estufa, pegou outra chave e abriu a porta de vidro.

— O Selvagem de Putney e a Esposa de Barnes — disse Malavesso, com aquela sua voz fina e aduladora. — Vejam só! Esses tecelões intelectuais do oeste de Londres que resgataram vocês com certeza têm muito bom gosto para roupas. Elas devem valer uma boa grana no mercado de Parvoíce.

Ele se esticou e pegou o chapéu do Selvagem de Putney.

O SELVAGEM DE PUTNEY

Antes de pôr no carrinho, experimentou-o na própria cabeça.

A ESPOSA DE BARNES

— Tenho certeza de que não estavam tão bem-vestidos quando os intelectuais os encontraram no circo itinerante. — Desamarrou o chapéu vitoriano da Esposa de Barnes e puxou o xale envolto nos ombros dela, que olhou para Malavesso com olhos tristonhos e gentis. — Estou surpreso que os tecelões tenham deixado que viessem. — Malavesso soltou uma gargalhada enquanto tirava o resto das roupas e as jogava no carrinho. — Mas, ao que parece, um convite do célebre Lorde Gotic é algo bem persuasivo.

Enfiou a mão no bolso do colete bordado do Selvagem de Putney e puxou um convite de bordas douradas, que meteu no bolso do próprio colete.

Depois, o guarda-caça interno empurrou o carrinho para fora da estufa e trancou a porta atrás de si.

Ada esperou até ter certeza de que ele tinha ido embora, e engatinhou de volta pelo galho, ajudando Emily passo a passo.

Finalmente, quando estavam seguras no chão, Ada mostrou à amiga seu desenho.

— Eu suspeitava que Malavesso tinha prendido algo no Jardim Ainda-

-Mais-Secreto — disse Ada triunfante. — E, se eu estiver certa, ele está planejando usar essas pobres criaturas na caçada interna de sábado.

— Está muito bom, considerando-se que você estava no alto de uma árvore — avaliou Emily, pondo o desenho na pasta junto às suas aquarelas. — Mas, agora, precisamos ir contar ao seu pai essa terrível situação.

Quando voltaram para o Terraço Veneziano, encontraram William nas janelas bizantinas. Ao se afastar da parede, estava com uma coloração branca caiada.

— Andei seguindo Malavesso o dia todo — contou. — Ia me camuflando e tentando pegar as chaves, mas elas estão presas por uma corrente no colete que ele nunca tira. Eu o segui até o Jardim da Cozinha, onde ele colheu umas cenouras, e depois até um jardim secreto que fica por trás de um muro. O engraçado é que ele entrou lá com um carrinho vazio e saiu com o mesmo carrinho cheio de roupas... Quando o deixei, ele estava levando umas

tábuas corridas para um dos cômodos vazios da ala quebrada... O que será que ele anda tramando?

— Vá se vestir — ordenou Emily, revirando os olhos —, que contamos.

Nesse instante ecoou no gramado um forte disparo.

Ada e seus amigos se viraram e viram Lorde Gotic, ao longe, passando à toda pelo jardim de pedra. Estava conduzindo o cavalo de pau Pegasus e tinha um trabuco fumegante nas mãos. Atrás dele, vários gnomos alpinos acomodados no alto das pedras haviam perdido a cabeça. Lorde Gotic corria ainda mais quando dobrou a esquina do jardim de pedra e passou pela frente da ala oeste em direção ao pórtico,

fazendo o cascalho voar sob suas rodas. Ao chegar à escada, saltou do cavalo de pau e o deixou de lado.

— Se eu for depressa posso alcançá-lo na porta do escritório! — exclamou Ada, correndo para dentro do palácio. — Vejo vocês amanhã, no café da manhã! — gritou.

Subiu correndo a escada oeste, passou pelo primeiro corredor e virou exatamente onde ficava exposta a armadura de três peças* do Primeiro Lorde Gotic. Vindo na direção oposta, o pai de Ada já alcançava o topo da escada. A menina parou quando viu a expressão no rosto de Lorde Gotic. Havia um misto de choque, surpresa e tristeza quando ele a fitou direto

Nota de Pé de Página

*A armadura de três peças foi especialmente fabricada para o Primeiro Lorde Gotic por seu ferreiro e consiste em um único tronco com dois capacetes, ambos postos ali para desviar a atenção e fazer com que o portador da armadura não perdesse a cabeça.

nos olhos. Desviou o olhar do rosto de Ada para as sapatilhas que ela usava, e sua expressão se fechou.

— Pai — iniciou Ada. — Sinto muitíssimo por perturbá-lo dessa forma, mas tenho que contar algo que...

— Ada — interrompeu-a Lorde Gotic, com sua voz calma e elegante —, você me desapontou.

— Mas, pai — protestou a menina —, Malavesso...

— Ada! — interrompeu-a novamente, com a voz ainda mais calma e elegante. — Uma das minhas maiores convicções é que as crianças devem ser ouvidas e não vistas.

— Eu sei, pai, mas... — tentou Ada de novo.

— E não a ouvi porque não está usando as botas que lhe dei!

— Eu sei, pai, desculpe-me. Eu me esqueci...

— Esqueceu? — repetiu Lorde Gotic, passando por Ada e segurando a maçaneta do escritório. — Esqueceu? Meus pedidos significam tão pouco para você? E agora vai me dizer que subiu nos telhados.

Ada ficou com o rosto corado e baixou os olhos em direção às próprias sapatilhas de couro pretas. Lorde Gotic evitou olhar para ela enquanto puxava a porta e entrava no aposento.

— O que quer que tenha a me dizer — disse de modo pacato e elegante, encerrando o assunto — pode ser dito em nosso chá na grande galeria, semana que vem.

A porta do escritório se fechou. Ada se virou e foi para o quarto, andando lentamente pelo corredor. Semana que vem seria tarde demais. A caçada interna era dali a dois dias, na noite de sábado. Pensava nas pobres criaturas que Malavesso tinha enganado — a Sirene Sesta e as harpias, o Sr. Omalos e Hamish, o Selvagem e sua esposa —, todas presas pelo guarda-caça interno, todas prestes a ser perseguidas pelos cômodos da ala quebrada por convidados da festa campestre de Lorde Gotic.

Lembrou-se de Malavesso em seu quarto na Sensata Loucura, das notas de cinco libras e da carta afixada na parede...

— ...João e Maria esperam impacientes pela grande noite! Atenciosamente, Rupert von Hellsung.

Ada estremeceu. João e Maria? O que quer que Malavesso estivesse tramando, não se parecia em nada com uma caçada interna normal.

Quase chegando à grande escadaria, a caminho do quarto, viu uma silhueta escura e silenciosa descendo pelo corrimão.

— Senhorita Gotic — disse uma voz suave com um leve sotaque estrangeiro —, enfim nos conhecemos.

Capítulo nove

LUCY BÓRGIA

Ada olhou para cima. Aquela silhueta escura pulou do corrimão com agilidade e se aproximou. A nova preceptora de Ada estendeu a mão branca, e Ada a apertou. Era fria como gelo.

— Prazer em conhecê-la — disse Ada.

— Pode me chamar de Lucy — retrucou a preceptora. — Eu gostaria que fôssemos amigas.

Ada sorriu hesitante e se perguntou quanto tempo esta preceptora ficaria no Palácio Sinistro.

— Vamos até a sala de aula — prosseguiu Lucy — para nos conhecermos melhor.

— Não está um pouco tarde? — perguntou Ada. O sol já tinha se posto, e já se podiam ver sombras lá fora.

— Nunca é tarde demais para se familiarizar — respondeu Lucy, com uma voz melódica. Ela subiu de novo no corrimão e estendeu uma de suas mãos geladas para Ada.

— Além disso, quando me conhecer, verá que sou uma pessoa noturna.

Ada pegou a mão de Lucy e subiu no corrimão também. Lucy bateu no corrimão com o guarda-chuva preto e pontiagudo que carregava na outra mão, e começou a deslizar para cima.

— Como você fez isso? — perguntou Ada, espantada, assim que chegaram ao topo da escadaria.

— É um velho truque de preceptoras — disse Lucy, com um sorriso que parecia o de uma pintura antiga que Ada tinha visto certa vez. — E sou uma preceptora muito velha.

— É? — indagou Ada, intrigada.

A MONA LUCY

Elas desceram do corrimão e entraram na sala de aula.

— Sou — assentiu Lucy. — Tenho mais de 300 anos.

A sala de aula ficava na cúpula do Palácio Sinistro. Era grande e circular, com uma abertura no meio. O teto era coberto por pinturas de bebês gordos alados, senhoras gordas com túnicas fluidas e um homem irritado, que parecia estar perseguindo um cisne. De um lado da cúpula estava a mesa de estudos de Ada, e no lado oposto, a mesa da preceptora. Ambas ficavam viradas para a parede, mas a acústica da sala era tão boa que um simples sussurro de uma das duas era perfeitamente ouvido pela outra.

Ada seguiu Lucy por uma pequena porta e subiu os degraus de pedra de uma escada em espiral.

Abrindo a porta no topo, Lucy estava prestes a fazer a menina entrar no aposento quando um cervo de olhar assustado correu para fora do quarto e desceu as escadas.

— Entre, Ada — pediu Lucy. — Por favor, sente-se.

Ada se sentou em uma cadeira baixa em frente à penteadeira. Sobre o móvel, havia um espelho coberto por um lenço preto, um alfinete de chapéu, e o que parecia ser um copo de sangue.

Lucy se sentou na cama. A seus pés estava a bolsa grande e preta que Ada tinha visto a preceptora carregar na noite anterior.

— Talvez seja melhor eu explicar — disse Lucy.

Lá fora, uma lua pálida reluzia acima do Palácio Sinistro, banhando os telhados com uma luz prateada.

— Bem, eu sou uma vampira.

Ada assentiu, embora não tivesse certeza sobre o que era uma vampira.

— Fui uma princesa italiana na bela cidade montanhosa de Cortona. Passei boa parte do meu tempo sentada em uma varanda com agulhas e linhas, costurando, enquanto os homens jovens tocavam alaúde e cantavam para mim lá do pátio. De vez em quando, um dos rapazes tentava subir na varanda, estragava as calças, e eu me sentia na obrigação de remendá-las para ele.

Lucy sorriu e um ar nostálgico tomou conta de seus olhos, que contemplavam a lua cheia lá fora.

— Foram dias felizes — comentou ela suavemente.

Em seguida, franziu a testa.

— Um dia, um belo conde húngaro veio visitar meu pai. Trouxe consigo um instrumento

estranho, que ele tocava com um arco feito de crina de cavalo e que fazia um barulho parecido com soluços de gatos. Devo admitir que fui pega de surpresa por esse audacioso cavalheiro. Numa noite de luar muito semelhante a esta, deixei conde Vlad, o violinista, subir à minha varanda, depois de ter tocado para mim. Eu era jovem e tola, e ele usava meias de malha que protegiam suas calças, então eu o deixei me tomar em seus braços. Foi um erro fatal. Ele era um vampiro* e, em vez de me beijar, mordeu meu pescoço e me transformou em vampira também.

Nota de Pé de Página

*Os vampiros são sabidamente difíceis de matar: uma estaca no coração vai transformá-los em pó, uma vara afiada atravessando o coração vai fazê-los virar farelos, e um lápis bem afiado no coração vai transformá-los em papelão reciclável.

— Doeu? — perguntou Ada, com os olhos arregalados.

— Não, na verdade não — respondeu Lucy. — Parecia estar fazendo cócegas, apesar de achar que isso foi devido ao

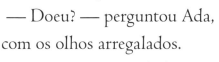

seu grande bigode... De qualquer forma, fiquei tão aflita que o empurrei da sacada. Ele caiu sobre uma treliça de madeira do canteiro de rosas no jardim e se desfez, virando pó. Foi como uma estaca atravessando seu coração, só que mais decorativa. — Ela deu um sorriso lamentoso. — Bem, logo descobri como era estranho ser vampira: não sair na luz do dia, só beber sangue, vestir preto o tempo todo...

— Preto combina com você — comentou Ada. Ser um vampiro não devia ser muito divertido, pensou, mas Lucy Bórgia parecia já estar acostumada.

— Obrigada — disse Lucy. — Mas depois do que aconteceu comigo, nem sonharia em beber sangue humano, por isso me alimento de animais e ocasionalmente de algumas aves que não voam. Não os machuco, é claro — acrescentou, e, em seguida, apontou para o copo em cima da penteadeira. — Você se incomoda?

— Nem um pouco — disse Ada, passando o copo para a preceptora. Lucy tomou um gole e fechou os olhos.

— Sangue de cervo... delicioso! — Pôs o copo de volta na penteadeira e tirou os sapatos. — Depois tive um século para refletir: cem anos ou mais vagando por aí e tentando pensar em algo para fazer. Finalmente decidi que o que eu realmente queria fazer era ensinar. Então me tornei preceptora. Uma preceptora de duelos, para ser mais precisa.

— Uma preceptora de duelos? — repetiu Ada, pensando que isso era ainda mais emocionante do que ser uma vampira com 300 anos.

— Venha, vou lhe mostrar — disse Lucy, dando um saltinho e abrindo a bolsa.

Por dentro esta era dividida em bandejas de veludo apoiadas por dobradiças de prata, como o interior de uma caixinha de joias. Acomodado no veludo, havia um conjunto brilhante de belas ponteiras de guarda-chuva. Lucy estendeu a mão e pegou o guarda-chuva. Ela o revirou, tirando habilmente a ponteira, e escolheu outra para substituí-la. Posicionou a nova ponteira no lugar com uma torção do pulso e segurou o guarda-chuva para cima.

— Prata de lei — informou —,

perfeita para o duelo com um lobisomem.

Ela girou o guarda-chuva com habilidade e substituiu a ponta por outra.

— Bronze polido — disse —, ideal para enfrentar um minotauro.

O guarda-chuva girou em sua mão novamente

— Ametista antiga, exatamente o que deve ser usado para um duelo de espadas com um faraó mumificado. E agora, a minha favorita...

Lucy pegou uma longa e fina ponteira de uma das bandejas de veludo e a fixou no guarda-chuva.

— Estacas polidas para deter um vampiro pirata e sua espada.

Lucy se balançava para a frente e para trás, uma das mãos segurava o guarda-chuva, e a outra pousada no quadril.

— Com o guarda-chuva certo — prosseguiu —, você pode lutar contra qualquer ameaça, enfrentar qualquer perigo e... — Ela apertou o botão e o guarda-chuva abriu — ainda ficar seca!

Os olhos de Ada brilharam quando ela viu o guarda-chuva e as bandejas de veludo.

— Imagino que — principiou ela — não há nada aí para duelar com um guarda-caça, há?

Capítulo dez

Foi bom falar com Lucy Bórgia e lhe contar tudo sobre Malavesso. Quando Ada deslizou no corrimão e foi para o seu quarto na ponta dos pés, estava se sentindo muito mais feliz. Subiu na cama e, quando estava prestes a apagar a vela, ouviu um pequeno suspiro familiar. Ishmael, o fantasma de rato, estava em pé no meio do tapete turco, tremeluzindo palidamente à luz da vela.

— Não é muito divertido estar à deriva e sem rumo, aparecendo e desaparecendo no meio da noite desse jeito... — disse ele tristonho. — Parece que não tenho nenhum controle sobre meus próprios movimentos.

— Tadinho — compadeceu-se Ada. Estava culpada por não ter pensado em Ishmael em nenhum momento do dia.

Ele balançou a cabeça.

— Eu era um rato muito ativo, sabe? Não estou preparado para ser um fantasma, flutuando e assombrando, aparecendo e desaparecendo... — Ishmael flutuou até a cama de oito colunas e olhou para Ada. — Esta tarde, quando apareci, o sol estava se pondo, e foi tão bonito... Eu só queria flutuar e ir em direção à luz.

— Por que não foi? — perguntou Ada. Ela odiava ver Ishmael tão triste.

Ele deu de ombros.

— Não sei — respondeu ele. — Simplesmente não podia. É como se algo estivesse me segurando... Me mantendo aqui.

— Por que não me conta uma das suas histórias? — pediu Ada. Ela ficou feliz quando viu Ishmael brilhando e tornando-se cada vez menos transparente.

— Bem, eu poderia falar sobre a minha viagem para terra dos Lilliputinsetos — começou.

Ada se recostou no travesseiro gigante e fechou os olhos.

Quando acordou, um fino feixe da luz do sol brilhava através de uma fresta entre as cortinas e o relógio do seu tio-avô sobre a lareira marcava oito horas e trinta minutos. Ada saiu da cama e foi se vestir.

Suas roupas para sexta-feira eram um chapéu de Somerset, um xale de Wessex e um vestido de Norfolk, com flores bordadas na bainha. Cuidou de calçar as botas grandes e barulhentas para agradar seu pai. Em seguida, dirigiu-se para a pequena galeria onde encontraria Emily e William para o café da manhã.

— Não tem ovos cozidos nem torradas — informou William, olhando para as flores bordadas no vestido de Ada. — Ruby disse que a Sra. Bate'deira colocou todos para trabalhar no grande jantar desta noite!

— É exatamente sobre isso que eu queria falar — disse Ada, ignorando as três bandejas de arenque enrolados em molho de marmelada. — Minha nova preceptora...

— Você tem uma nova preceptora? — exclamou Emily, com uma cara triste. — Isso significa que agora não passará mais tempo conosco?

— De forma nenhuma — disse Ada, segurando a mão de Emily. — Lucy Bórgia é uma pessoa noturna, por isso nossas aulas serão após o anoitecer. Então, ainda poderemos fazer nossos planos e explorar por aí durante o dia.

— Você contou a seu pai sobre Malavesso e aquelas pobres criaturas? — perguntou Emily.

— Eu tentei, mas ele não quis ouvir — respondeu Ada. — Hoje é sexta-feira, e os convidados para a corrida de bicicleta e a caçada interna vão chegar essa tarde. Mas vai dar tudo certo — continuou ela. — Lucy prometeu que falaria com ele no grande jantar, hoje à noite. Ela disse que o que Malavesso tem feito é cruel e desonesto, e que ela não tem nem um pouco de medo dele. Lucy Bórgia é uma preceptora de duelos, sabia?

— Uma preceptora de duelos! — repetiu William, ficando azul. Ele parecia impressionado. — O que é uma preceptora de duelos?

Então, durante o café da manhã com sanduíche de alface, Ada contou a William e Emily tudo sobre Lucy Bórgia. Quando terminou, Emily fechou o bloco de desenhos. Estava observando as aquarelas das criaturas que tinha pintado enquanto Ada contava.

— Bem, devo dizer que é um alívio — disse ela. — Não acho que uma bela criatura como uma sirene deva ser usada em uma caça esportiva, mesmo que ela seja liberada depois — continuou ela. — E isso vale para as outras criaturas também.

O Selvagem de Putney · A esposa de Barnes

Com agradecimento para Ada

E. Cabbage

Sr. Omalos

E. Cabbage

Sirene Sesta

As harpias

E. Cabbage

Hamish

E. Cabbage

— Foi exatamente isso que Lucy disse — contou Ada à amiga. — E tenho certeza que meu pai vai ouvi-la, porque ela é adulta.

— Trezentos anos de idade — disse William, assumindo o mesmo tom de verde que a sua torrada de alface com um pedaço já comido.

— Você irá ao Clube do Sótão para nos mostrar o que ela ensina? — perguntou ele, com os olhos brilhando. — Esgrima com guarda-chuva deve ser fascinante, e muito prático se chover...

Mais tranquilas, as crianças passaram o dia jogando bocha na grande galeria e boliche no Terraço Veneziano, pintando paisagens no Parque dos Cervos Adoráveis e colocando barcos de papel na Fonte Excessivamente Ornamentada.*

Evitaram, acima de tudo, locais onde pudessem encontrar Malavesso. Ada não queria criar nenhum problema envolvendo o guarda-caça antes do grande jantar naquela noite. Tinha certeza de que Lorde Gotic ficaria

*A fonte excessivamente ornamentada inicialmente possuía poucas esculturas, mas foi sendo complementada por escultores convidados, cada um tentando superar os demais. Finalmente mandaram que parassem, porque suas criações estavam tão grandiosas que mal sobrava espaço para a água.

muito irritado quando descobrisse que Malavesso não estava cuidando da incubadora de faisões em miniatura na sala de estar durante todo aquele tempo.

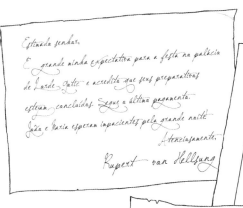

FABERCROMBIE e ITCH

TECELÕES INTELECTUAIS DO OESTE DE LONDRES
CONVOCAM UMA

REUNIÃO PÚBLICA

PARA RECEBER OPINIÕES e pedir ajuda com a vestimenta de dois GRANDES SÍMIOS DA SELVA BATAVIANA, recentemente resgatados das crueldades do ZOOLÓGICO ITINERANTE DE VAN DER HUM.

Os nomes são:

SELVAGEM DE PUTNEY e A ESPOSA DE BARNES

CONCURSO DE SALTOS DE HIBÉRNIA
GAZETA

Hamish, o Centauro de Shetland, fez um circuito perfeito nas provas para pôneis de Shetland na ilha de Jura. Os outros competidores, Shaggy Casco Valente e Jock, o bode, também realizaram uma prova brilhante, e acabaram quase empatados em segundo lugar. O público, to, foi bem decepcionante. A consistia basicamente de papag alguns agricultores descontent

Um minotauro de
ficou em primeiro lugar no ca
de lançamento de troncos rea
Edimburgo durante o Festival

CRETA
REVISTA LITERÁRIA
C R E T A

Ilha do sol mar areia e literatura

ANÚNCIOS

Sr. OMALOS, o fauno, tem o prazer de anunciar um evento especial que ocorrerá somente nesta semana — se o clima permitir

A DEGUSTAÇÃO DE BREVES LIVROS DE POESIA

Deliciosos volumes em verso, desempoeirados, com capa de couro, para os gostos mais requintados

Marinheiros Antigos e Modernos
JORNAL

A ÍTACA AO AR LIVRE APRESENTA A ÓPERA
A ODISSEIA

Com a Sirene Sesta e as Harpias

Em vez disso, ele tinha feito coisas malvadas, e William deu a Ada as evidências para provar isso.

— Malavesso se encrencou de verdade — disse William, vendo seu barco de papel afundar na Fonte Excessivamente Ornamentada pela terceira vez. — Acho que ele quis que a caçada interna deste ano fosse superespecial.

— Provavelmente só quer se exibir — observou Emily, mergulhando o seu jarro na água.

— Não tenho tanta certeza — retrucou Ada, pensando naquelas notas de cinco libras. — Mas o importante é que Lucy Bórgia vai contar para o meu pai, e ele vai pôr um fim a isso — disse ela, com firmeza. — Afinal, se as pessoas ficarem sabendo que os convidados do Palácio Sinistro estão sendo acorrentados e aprisionados, ninguém nunca mais virá para as suas festas campestres.

Em seguida, ouviu-se o som de rodas de carruagem no cascalho. Ada, Emily e William olharam para cima e viram uma fila de grandes carros que vinham se aproximando, passando pelos portões em direção ao palácio.

— Falando em convidados... — começou William, ficando com a cor de uma ridícula sereia rococó de pedra, isto é, muito pálido. — Aí vêm eles.

As carruagens passaram pela Fonte Excessivamente Ornamentada e pararam diante dos degraus do pórtico. A porta da frente do Palácio Sinistro abriu, e Lorde Gotic saiu, seguido por Malavesso.

Na primeira carruagem, um elegante veículo de quatro lugares, estava Lady George, a duquesa de Devon, e seu companheiro, Tristram Shandynobre. Eles eram os amigos mais antigos de Lorde Gotic e vinham todos os anos para a festa.

Lorde Gotic os cumprimentou calorosamente

LADY GEORGE, A DUQUESA DE DEVON

TRISTRAM SHANDYNOBRE

e os conduziu para dentro, junto aos três dálmatas corpulentos que estavam com eles em sua carruagem.

O próximo veículo, pequeno e com buracos no telhado, trazia os poetas, Molebridge e O'Quincy. Eles estavam sempre discutindo um com o outro, mas nunca perdiam uma festa campestre. Lorde Gotic apertou a mão de ambos, e, em seguida, os poetas entraram numa acalorada discussão sobre quem deveria ir atrás de quem ao passar pela porta.

Atrás do veículo dos poetas, vinha uma carruagem aberta, puxada por dois cavalos Shire. Nela estavam o Dr. Jensen, o homem mais inteligente da Inglaterra, e seu biógrafo, Macduff.

OS POETAS
MOLEBRIDGE E O'QUINCY

Ada jamais ouvira o Dr. Jensen dizer uma única palavra. Ele usava óculos escuros e enormes calças xadrez. Extremamente magro, Macduff era sempre quem falava. Carregava um taco de golfe para todo lado por causa de seu medo mórbido de esquilos vermelhos. Com um enorme esforço, o Dr. Jensen desceu da carruagem e tirou a palha de suas enormes calças, antes de silenciosamente apertar a mão de Lorde Gotic. Em seguida foi a vez de Macduff, que disse a Lorde Gotic algo muito inteligente que o Dr. Jensen tinha acabado de lhe contar. Assim que entraram, Lorde Gotic desceu

DR. JENSEN E MACDUFF

os degraus para cumprimentar o convidado da carruagem seguinte.

Era uma simples carruagem de um único lugar, puxada por burros, que pertencia a Martin Enigmachalaça, o ilustrador radical. Ele tinha cabelos brancos, um olhar severo e sempre usava luvas de boxe, mesmo quando estava desenhando, portanto, estava sempre pronto para lutar. Ainda bem que isso raramente foi necessário, porque ninguém conseguia compreender seus desenhos bem o bastante para se ofender. Lorde Gotic tentou apertar sua mão, mas foi impossível, então deu um tapinha nas costas do ilustrador radical antes de virar para o último veículo que tinha acabado de parar.

MARTIN ENIGMACHALAÇA, O ILUSTRADOR RADICAL

Era uma magnífica carruagem de pinho da Baviera, com pares de chifres de veado na parte da frente e na de trás, puxada por seis pôneis austríacos. A porta se abriu, e degraus forrados de veludo carmesim desceram até o chão. Um braço fino se estendeu, e Lorde Gotic corajosamente pegou a mão enluvada de preto que apareceu à sua frente, e a beijou. Ouviu-se uns risos de menina vindos lá de dentro, e uma elegante jovem magra saiu. Ela estava vestida com uma blusa preta de gola rolê e uma saia preta listrada.

— Mary Xale, romancista — apresentou-se a moça. — Estou muito feliz em conhecê-lo, Lorde Gotic. Sou uma grande admiradora da sua poesia.

Lorde Gotic soltou a mão de Mary Xale e fez uma pequena reverência.

— O prazer é todo meu — disse ele em uma voz calma e elegante.

MARY XALE, ROMANCISTA

Mary Xale ergueu um livro encadernado em couro preto em sua mão enluvada.

— Esta é uma cópia do meu romance mais vendido — sorriu ela orgulhosamente. — O título é O Monstro, ou O Prometeu Malcriado. Talvez você já tenha ouvido falar nele.

Mas antes que Lorde Gotic pudesse responder, uma grande ave marinha branca desceu do céu. Agarrando subitamente o livro da mão de Mary Xale, a ave voou com o volume no longo bico amarelo e desapareceu sobre os telhados.

— Você me disse que seu romance era popular — observou uma voz profunda vindo do interior do veículo —, mas isso já é ridículo.

Momentos depois, uma figura alta com um chapéu de abas largas e uma capa preta de pele de urso surgiu lá de dentro. Ele tinha os olhos azuis como o gelo, um bigode longo e fino encerado nas pontas e um grande maxilar que ficava saliente quando ele falava. Mary Xale corou e deu uma risadinha de menina.

— Este é Rupert von Hellsung — apresentou ela. — Minha carruagem quebrou alguns quilômetros atrás, e Herr von Hellsung me resgatou na beira da estrada. Imagine minha surpresa e alegria quando descobrimos que ambos éramos seus convidados, Lorde Gotic.

Lorde Gotic arqueou uma sobrancelha, e Ada percebeu que ele não se lembrava de ter convidado Rupert von Hellsung para sua festa campestre, mas era educado demais para dizê-lo.

Malavesso se aproximou, atrás dele.

— Herr von Hellsung é o campeão das corridas de bicicletas em Munique, meu senhor — disse ele, com uma voz fina, querendo bajular.

— Mesmo? — disse Lorde Gotic, com um sorriso elegante. — Bem-vindo ao Palácio Sinistro — prosseguiu, apertando a mão de Rupert von Hellsung. — O jantar é às oito.

RUPERT VON HELLSUNG

Capítulo onze

Ada subiu as escadas e foi andando pelo corredor até seu quarto. Esperava que seu pai pudesse ouvi-la, porque odiou decepcioná-lo por não usar as grandes e barulhentas botas no dia anterior. Mas tudo ia ficar bem, disse a si mesma enquanto abria a porta, Lucy Bórgia cuidaria disso. Ada só a conhecia havia um dia, mas já estava começando a pensar que ela podia ser a melhor preceptora que já tivera.

O jantar foi às oito, e Ada sabia que ela deveria se sentar em silêncio no final da mesa de jantar, por onde passava o trenzinho movido à vapor, e ouvir as brilhantes conversas dos convidados. Nenhum deles jamais conversou com ela, já que era apenas uma criança e não podia ter nada de interessante a dizer. Além disso, estavam muito ocupados pensando em coisas brilhantes para falar.

Ada queria que Emily e William tivessem sido convidados para o grande jantar.

Entrou no quarto de vestir e encontrou suas roupas de sexta-feira à noite estendidas no divã dálmata. Um vestido de cetim azul-escuro, um par de luvas pretas até os cotovelos, bordadas com estrelas, e uma tiara de lua crescente com um fecho de pena de cisne.

Colocou o vestido e calçou as luvas, depois prendeu o cabelo e colocou a tiara. Olhou para baixo. No chão, ao lado do divã, em vez das suas grandes botas, havia um par de elegantes sandálias pretas com saltos delicados. Ada sorriu.

Em ocasiões especiais podia usar sapatos menos ruidosos, e o grande jantar antes da corrida de bicicletas metafóricas e da caçada interna era uma ocasião especial. Calçou as sandálias e deu uma volta para ver no espelho como ficaram. Um grunhido de aprovação veio do fundo do armário. Ada fez uma pequena reverência e desceu.

A sala de jantar do Palácio Sinistro era na ala leste. Possuía janelas altas, com uma bela vista para o Parque dos Cervos Adoráveis de um dos lados. Ao longo da outra parede, havia uma passagem interna com colunas Coríntias, da porta até a mesa da sala de jantar. Trilhos ao longo da passagem e ao redor da mesa eram utilizados para servir os convidados.

Pelos trilhos, vinha da cozinha do Palácio Sinistro um pequeno veículo a vapor chamado Trem do Molho de Carne.* Em ocasiões especiais ele era utilizado para transportar os pratos da Sra. Bate'deira até os convidados, que podiam se servir enquanto o veículo a vapor passava lentamente. Depois de completar o circuito ao redor da mesa, o trem do Molho de Carne regressava para a cozinha para ser recarregado pelas criadas e ser aprontado para a próxima volta. Quando Ada chegou à sala de jantar, o apito do trem do Molho de Carne podia ser ouvido da cozinha e os hóspedes de Lorde Gotic tomavam seus lugares à mesa. Ada se sentou ao fundo, no lugar reservado a ela.

O Dr. Jensen estava jogando pães em Martin Enigmachalaça, que rebatia com raiva, usando

Nota de Pé de Página

*O trem do Molho de Carne é uma versão em miniatura do famoso motor à vapor do trem de Salada, que foi utilizado para o transporte de cenouras e couves de Norfolk a Londres até que colidiu com o expresso Maionese do lado de fora da pequena cidade Salada de Repolho.

suas luvas de boxe. Na cabeceira da mesa, Lorde
Gotic deu um sorriso calmo e, com a maior elegância,
puxou a corda do sino ao lado de sua cadeira.
Alguns momentos depois, o trem a vapor, projetado
e construído para Lorde Gotic pelo filho de um
engenheiro chamado Stephenson, surgiu apitando em
meio às colunas Coríntias perto da porta e cruzou a
passagem interna.

Ada observou o trem do Molho de Carne do filho de
Stephenson fazendo as curvas e passando perto dela, em
volta da mesa da sala de jantar.

Todos se serviram
enquanto este
seguia seu curso.
Depois disso,
o trem se dirigiu
ao portal formado
pelas colunas
Coríntias. Os
sons chacoalhantes
foram desaparecendo

à medida que ele se afastava, e aumentaram de novo quando ele reapareceu. Com um apito forte, o trem do Molho de Carne reemergiu do portal e veio sacudindo até a mesa, com os vagões recarregados de pratos fumegantes.

Durante o jantar, o Dr. Jensen jogou um pedaço de torta de pato com ruibarbo em Martin Enigmachalaça, atingindo-o na testa.

— Segundo o Dr. Jensen, "quando um homem está cansado de ruibarbo, está cansado da vida" — disse Macduff, enquanto o cartunista sacudia o punho enluvado para ele.

— Minhas mãos podem não ser hábeis desenhando, mas sei fazer narizes crescerem consideravelmente! — exclamou Enigmachalaça enfurecido. — Me aguarde...

Ada se afundou na cadeira. Foi um

jantar típico, com guerra de comida e discussões em que ninguém escuta ninguém.

Olhou lá para fora por uma das janelas altas. O sol se punha, e a lua cheia brilhava no Parque dos Cervos Adoráveis. Um cervo chinês ornamental refletia à luz prateada da lua.

Ada olhou para trás em direção à porta da sala de jantar.

Onde é que Lucy Bórgia tinha se metido?, pensou ansiosa.

Lorde Gotic estava sentado em sua cadeira com uma expressão de tédio no rosto, ouvindo a duquesa de Devon contar uma história sobre como um de seus dálmatas acima do peso havia usado sua carruagem para perseguir gatos. O trem a vapor passou sacolejando de volta à cozinha.

Nesse momento, a porta se abriu e Lucy Bórgia entrou na sala.

O Dr. Jensen estava atirando colheradas de maçã e bacon em Martin Enigmachalaça, que se esquivava mexendo as luvas de boxe, enquanto Macduff contava a Mary Xale e Tristram Shandynobre as observações do Dr. Jensen a respeito de lagostas.

Nenhum dos convidados prestou atenção à mulher pálida, vestida de preto, que caminhava em direção a Lorde Gotic. Parando perto da cadeira dele, Lucy bateu de leve em seu ombro com o guarda-chuva.

Naquele momento, o trem do Molho de Carne voltava da cozinha completamente carregado. Veio a todo vapor e parou do outro lado da mesa.

Ada se ajeitou na cadeira.

— Lorde Gotic, preciso lhe contar uma coisa — disse Lucy Bórgia numa voz clara.

Naquele momento, Martin Enigmachalaça balançou o punho para o Dr. Jensen do outro lado da mesa e bateu em um vagão que carregava uma pilha generosa de caracóis cozidos, com concha e tudo, e um grande barco de molho. Os caracóis se espalharam por todo lado, e o barco de molho voou pelo ar, salpicando os convidados com manteiga picante quente.

Ada observou o molho atingir Lucy Bórgia, que recuou horrorizada.

— Nãaaaaaaaaaooooooooooooooo! — gritou ela, enquanto virava e fugia do aposento.

Por um momento, ninguém falou.

Macduff pegou um guardanapo e limpou o rosto.

— Segundo o Dr. Jensen, "quando um homem está cansado de manteiga de alho, está cansado da vida".

Capítulo doze

inguém notou quando Ada deixou a sala de jantar. Estavam todos muito ocupados, jogando comida uns nos outros e discutindo na maior gritaria.

Ada correu até a grande escadaria, com os saltos delicados batendo nos degraus enquanto subia. Quando chegou ao quarto de Lucy Bórgia, encontrou a preceptora deitada imóvel na cama.

Tinha posto uma camisola preta, e seu vestido preto estava embolado, jogado num canto.

— Sinto muito, Ada — disse ela, muito fraca. — Falhei com você. Mas o alho... é um veneno para vampiros.

— Foi um acidente — explicou Ada. — Você fez o melhor que pôde.

— Por favor, tire isso daqui. O cheiro... — Lucy apontou para o vestido preto. — Pelo menos o alho não caiu no meu guarda-chuva.

Ada pegou o vestido.

— Agora preciso descansar — avisou Lucy, fechando os olhos. — Para recuperar minhas forças. Agora é com você, Ada. Você tem que deter Malavesso e resgatar essas pobres criaturas!

Ada saiu do quarto de Lucy e deslizou para o andar de baixo pelo corrimão. Quando chegou ao primeiro andar, viu uma luz familiar piscando.

— Ishmael — chamou ela, observando que ele estava menos luminoso —, o que aconteceu?

— Acabei de vir da ala quebrada — respondeu Ishmael, com os bigodes tremendo. — Ouvi Malavesso conversando com um dos convidados de seu pai.

— Qual? — perguntou Ada, descendo do corrimão e andando com Ishmael ao longo do corredor a caminho do seu quarto.

— Olhos cruéis, bigode pontudo, queixo grande — descreveu o rato. — Não gostei dele.

— Von Hellsung — concluiu Ada, entrando no enorme quarto e fechando a porta atrás de si. Ishmael ficou no tapete e olhou para ela com olhos arregalados.

— Eles têm tudo planejado. Malavesso traçou uma rota pela ala quebrada que leva até os telhados, para a caçada de amanhã à noite.

— Os telhados? — repetiu Ada, intrigada. — Mas meu pai não teria concordado com isso. Ele nunca vai até os telhados, não desde a noite em que minha mãe... — A menina fez uma pausa.

— O homem com os olhos cruéis riu e disse que dessa forma nenhum deles poderia escapar. — Ishmael estremeceu. — Disse que as cabeças ficarão esplêndidas na parede de sua cabana de caça na Baviera.*

— As cabeças — disse Ada, sentando-se na beira da cama de oito colunas. — Isso é ainda pior do que eu imaginava.

— Foi o que pensei. O que vamos fazer?

Ada chutou as sandálias com saltos delicados e calçou as pantufas pretas.

Nota de Pé de Página

*A cabana de caça de Rupert Von Hellsung, um chalé sinistro, está localizada nas florestas assustadoras dos Alpes da Baviera. Assim como as cabeças de veados, javalis e ursos nas paredes, Von Hellsung também mantém um ouriço inglês gordo, chamado Sr. Tiggiewinkle, em uma caixa de vidro perto da porta.

— Há somente uma coisa que podemos fazer — disse ela, pensativa.

— O quê? — perguntou Ishmael.

Os olhos verdes de Ada brilharam.

— Convoque uma reunião do Clube do Sótão! — pediu ela.

Na manhã seguinte, Ada perdeu a hora. Era sábado, dia da corrida de bicicletas metafóricas e da caçada interna anual. Ada tinha ficado acordada até tarde da noite na sexta-feira.

Levantou da cama e foi para quarto de vestir, onde encontrou suas roupas de sábado estendidas no divã de dálmata. Trocou-se rapidamente, pôs o casaco de veludo carmesim com botões dourados e o vestido branco, juntamente à capa verde-escuro, e pegou o guarda-chuva de cabo de madrepérola ao lado dele.

Ignorando as grandes botas, Ada calçou as sapatilhas de couro preto e saiu silenciosamente do quarto quando o relógio do tio-avô sobre a lareira bateu meio-dia.

Lá fora, no sol quente, os corredores e pilotos estavam se alinhando para o início da corrida de bicicletas metafóricas em torno do hipódromo, especialmente construído para esse fim.

— Em seus lugares... Preparar... BANG! — Malavesso disparou o tiro de partida para o ar, e as criadas de cozinha gritaram quando os corredores e os ciclistas partiram.

Na primeira volta, Lady George e Tristram, montados no Nariz Pro Alto, estavam na liderança, seguidos de perto por Lorde Gotic, em Pegasus. Atrás dele, os poetas Molebridge e O'Quincy vinham emparelhados, em Beleza Bege e Tam O'Shanty; em seguida, o Dr. Jensen e Macduff, em Troia. Atrás destes, Mary Xale, em Jilly C., e em último Martin Enigmachalaça, em Rabisco.

Acima do Monte da Ambição, Nariz Pro Alto, Beleza Bege e Tam O'Shanty escorregaram pelo caminho lamacento, e Lorde Gotic assumiu a liderança.

Do outro lado, o Dr. Jensen ganhou velocidade rapidamente, Troia bateu em Beleza Bege e Tam O'Shanty, jogando-os para fora do percurso e enviando os dois poetas direto para o Lago da Introspecção.

No Caminho de Cascalho da Empáfia, Lady George perdeu um sapato, e Tristram caiu da parte de trás da bicicleta, rasgando a camisa.

Correndo em direção ao Pântano do Desalento, os pilotos restantes rapidamente diminuíram a velocidade quando as rodas das bicicletas ficaram cobertas de lama. O Dr. Jensen pegou um punhado e arremessou em Martin Enigmachalaça, que estava atrás dele. Com um grito estridente de indignação, o ilustrador radical caiu de Rabisco e se afundou até a cintura em uma poça cheia de lama.

Três pilotos estavam na disputa quando a corrida chegou à Avenida da Ultrajante Fortuna: o Dr. Jensen, sacudindo a lama da bainha de sua enorme calça xadrez; Lorde Gotic, enlameado, mas elegantemente determinado; e Mary Xale, agarrando-se à bicicleta.

Quando entraram no túnel de árvores, o Dr. Jensen desviou do caminho de Lorde Gotic. Macduff estendeu o braço, tirou o taco de golfe e tentou enfiá-lo nos raios das rodas de Pegasus. Lorde Gotic ziguezagueou no mesmo instante.

O taco de Macduff voou e bateu nas árvores, desalojando vários esquilos, que caíram em sua cesta. Ele soltou um grito estridente e pulou no colo do Dr. Jensen, fazendo com que o médico batesse em uma árvore com um estrondo retumbante.

Lorde Gotic e Mary Xale contornaram a última curva e aceleraram em direção à linha de chegada, empatados. De repente, descendo do céu azul-claro, uma grande ave marinha deixou cair um pedaço de gelo no pescoço de Mary Xale.

Com um grito indignado, a distinta romancista derrapou nas Curvas da Esperança Frustrada e caiu da bicicleta.

8.

Lorde Gotic ergueu a cartola em elegante triunfo e acelerou com Pegasus, passando a linha de chegada para ser saudado pelos aplausos dos cavalariços e das criadas.

Vindo do Velho Depósito de Gelo e virando a esquina da ala oeste, Ada parou. Segurava um álbum de fotos em uma das mãos, e um guarda-chuva na outra, que ela usou para acenar para Arthur Halford. O criado retribuiu o aceno movendo a cabeça.

Então, Ada virou-se e correu pelo Terraço Veneziano antes de desaparecer em meio às janelas bizantinas do Palácio Sinistro.

Capítulo treze

Assim que a noite caiu sobre o Palácio Sinistro, uma procissão de moradores do povoado vizinho de Parvoíce passou pelas portas e seguiu pela estrada. Com tochas de fogo nas mãos, atravessaram calmamente a Fonte Excessivamente Ornamentada

e marcharam ao longo da ala oeste pela parte de trás do palácio.

Ali, em meio às ervas daninhas e à densa vegetação emaranhada do Jardim de Além (inacabado), a multidão de aldeões olhou pelas janelas empoeiradas da ala quebrada, esperando a caçada começar. Enquanto isso, no salão principal do Palácio Sinistro, Lorde Gotic e seus convidados estavam montados em suas bicicletas.

Molebridge e O'Quincy ainda não tinham voltado a falar um com o outro. Sentados nas bicicletas,

segurando redes de borboleta de cabo longo, os dois poetas se olharam.

Na Nariz Pro Alto, Lady George e Tristram compartilhavam uma rede de borboleta de cabo extra longo e estavam muito animados.

— Adoro perseguir faisões em miniatura — comentou Lady George com Lorde Gotic. Atrás dela, Tristram concordou entusiasmado.

— Malavesso me disse que tem uma surpresa para nós — anunciou Lorde Gotic secamente.

Embora não demonstrasse, Lorde Gotic estava muito contente pela vitória na corrida de bicicletas metafóricas e tinha grandes esperanças de ser bem-sucedido na caçada interna.

— Segundo o Dr. Jensen, "quando um homem está cansado de surpresas, está cansado da vida" — observou Macduff de seu assento para passageiros, anexado à bicicleta do médico.

O Dr. Jensen cutucou Martin Enigmachalaça com a ponta do cabo de sua rede de borboleta. O ilustrador radical segurou o guidão de sua bicicleta com os punhos cobertos pelas luvas de boxe e se esforçou para não cair na provocação.

Ao lado dele, Mary Xale ajeitou o cabelo, colocando-o para trás com cuidado, e piscou para Rupert von Hellsung.

— Espero que não esteja resfriado ainda — disse ela, com uma risadinha de menina, enquanto olhava para a capa de pele de urso de Von Hellsung, que ia até os tornozelos. — Sabe que a caçada será dentro da casa, não é?

— Mas é claro — respondeu Von Hellsung, que, para a grande decepção de Lorde Gotic, havia se ausentado da corrida de bicicletas metafóricas devido a um súbito resfriado.

— Já me recuperei, estou muito ansioso para uma caçada bem-sucedida — acrescentou ele, sentado em sua bicicleta, a Cavalgada das Valquírias.

Malavesso saiu de trás da tapeçaria Bruges, com um molho de chaves numa das mãos, e um chifre de caçador na outra. Balançou as chaves teatralmente.

— Esse ano está tudo liberado! — anunciou. — Que a caçada comece! — Malavesso levou o chifre à boca e soprou com força.

Lorde Gotic e seus convidados arrancaram em suas bicicletas, acelerando em direção à porta de entrada da ala quebrada. Fizeram o maior estardalhaço ao descerem o lance de escadas, passando pelo corredor em alta velocidade.

— Que Tally?

— Tally o quê?

— Tally onde?

Os gritos aumentaram à medida que começaram a explorar os corredores e as passagens. Malavesso não deixara nada por conta do acaso.

Nas paredes havia instruções pintadas em setas que diziam, "Por aqui", "Vire à esquerda", "Vire à direita" e "Siga até o próximo cruzamento".

Enquanto Lorde Gotic e seus convidados procuravam pelos corredores, vislumbraram criaturas aladas voando em frente, ouviram o barulho de cascos em fuga e estranhos grunhidos de macacos selvagens ecoando pela ala quebrada.

Tábuas corridas foram colocadas sobre as escadas, para permitir que as bicicletas subissem e os convidados continuassem a explorar nos andares superiores. Lampejos de pelo laranja, penas verdes brilhantes e garras douradas serviram de estímulo, fazendo com que os pilotos balançassem as redes de borboleta descontroladamente acima da cabeça. Lá fora os moradores assistiam, aplaudiam e acenavam com suas tochas, esforçando-se para ver as formas sombrias atrás da janela suja.

Subindo cada vez mais, as criaturas e seus perseguidores passavam pelas rampas colocadas nas escadas pelo zelador. Assim que a caçada se aproximou dos níveis superiores da ala quebrada, Lorde Gotic, montado em Pegasus, pareceu se alarmar.

Finalmente, a caçada alcançou o último patamar, e apareceu pintada na parede uma instrução: "Siga em frente". Von Hellsung avançou e irrompeu pela porta à frente deles. Os outros o seguiram e, quando perceberam, estavam sobre os telhados da ala quebrada. Uma floresta de chaminés se estendeu diante deles, e a cúpula do Palácio Sinistro apareceu atrás, escura contra o céu iluminado pela lua. Lá embaixo, as tochas dos moradores que assistiam à caçada reluziam.

Lorde Gotic galopou, passando pela entrada em último lugar, e caiu de joelhos, trêmulo. Pegasus despencou sobre as telhas assim que Lorde Gotic soltou o guidão. Seus convidados se viraram e o fitaram.

Quando Lorde Gotic ergueu a cabeça, seu belo rosto estava molhado de lágrimas. Seu magnífico

cabelo balançava com a brisa, e suas sobrancelhas arquearam em uma expressão triste.

— Parthenope — disse, quase sussurrando. — Tão cabeça-dura, teimosa, selvagem. É por isso que me apaixonei por você, e por isso que não conseguia impedi-la de vir aqui andar no telhado... Ah, mas naquela noite! O trovão! O relâmpago!... Que horror, que horror.

— Lá estão eles! — gritou Rupert von Hellsung, apontando todo animado. Sentadas em chaminés ornamentais mais distantes, estavam oito criaturas extraordinárias, aparentemente congeladas de terror — uma sirene, três harpias, um fauno, um centauro e dois grandes símios.

Lady George, Tristam, os poetas, o Dr. Jensen, Macduff e Mary Xale levantaram as redes de borboleta, mas Von Hellsung os empurrou para o lado.

— Eles são meus! — gritou, jogando para trás a capa de pele de urso para revelar duas pistolas de caça de cano quádruplo em coldres de couro de bezerro amarrados ao cinto. Em um dos coldres, a palavra

"João" estava estampada em relevo, e no outro, lia-se "Maria".

Enquanto os outros observavam, atordoados, Von Hellsung sacou as pistolas de caça e disparou — uma, duas, quatro, oito vezes, e em cada disparo mortal, uma das criaturas caía na frente dos espectadores. Von Hellsung colocou João e Maria nos respectivos coldres e, com um sorriso deliciado, tirou uma espada longa e serrilhada de caça do cinto.

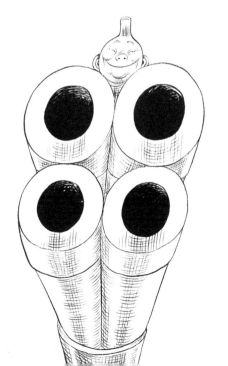
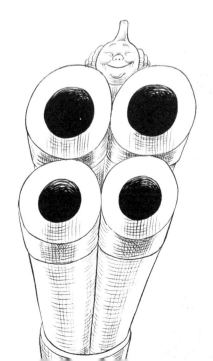

— Agora, as cabeças! — disse ele, enquanto atravessava o telhado para a fileira de chaminés quando, de repente, parou.

— O que é isso? — indagou, com raiva.

A seus pés havia uma pilha de gelo quebrado.

Naquele momento, Ada saiu de trás de uma chaminé ornamental um pouco mais distante. A Sirene Sesta estava ao seu lado.

Nas chaminés ao seu redor, os outros membros do Clube do Sótão surgiram, cada um com uma criatura. Ruby, a criada, estava ao lado do Sr. Omalos, o fauno. Emily Cabbage tinha uma harpia em cada braço, e outra na cabeça. Kingsley, o zelador encarregado das chaminés, estava de braço dado com a esposa de Barnes, e Arthur Halford vinha de mãos dadas com o Selvagem de Putney. William Cabbage afagou a cabeça peluda de Hamish, o centauro de Shetland.

— Quero meus troféus! — gritou Von Hellsung, pulando de uma chaminé para outra, balançando a espada de caça enquanto avançava pelo telhado.

— Rupert von Hellsung, enfim nos encontramos — disse uma voz melodiosa e suave, com um leve sotaque. Lucy Bórgia saiu de trás de uma chaminé e levantou um guarda-chuva. A ponta de ouro brilhava à luz do luar.

— Como se atreve!? — acusou Von Hellsung, ameaçando a preceptora com a espada, o suficiente

para que ela recuasse três passos, desse uma pirueta em cima de uma chaminé e, de forma leve, mas firme, cutucasse seu agressor no meio da barriga com a ponta do guarda-chuva.

Perdendo o equilíbrio, Von Hellsung oscilou por um momento, antes de cair como uma árvore abatida, no buraco da chaminé em que estava. Ouviu-se uma série de tombos e colisões seguida de gritos de dor e indignação, que foram ficando cada vez mais distantes, até o baque final.

— Ele deve ter caído no Banheiro de Zeus — comentou Kingsley, o zelador encarregado das chaminés, com um olhar de quem entende do assunto. — Bom trabalho, Ada!

Ada corou.

— Não teria conseguido sem vocês — disse ela —, sem todos vocês.

Uma figura enorme surgiu atrás dela, usando um chapéu de capitão do mar e um casaco de lona. Em seu ombro estava empoleirado um albatroz. O Explorador Polar abriu o baú de madeira e, movendo o pé reserva* para o lado, entregou a Emily Cabbage as aquarelas que ela fizera da Sirene e dos outros.

— Obrigado — agradeceu ele. — Foram de grande ajuda.

Nota de Pé de Página

*O pé reserva do Explorador Polar é mantido em seu baú de madeira, e utilizado apenas se for absolutamente necessário. No presente momento, o pé reserva está usando o amplo conhecimento adquirido com o seu antigo proprietário, um historiador distinto, para escrever notas de rodapé para um romance gótico.

— Suas esculturas de gelo eram bonitas — disse Emily, pegando as pinturas. — Sinto muito que tenham sido destruídas.

— Vou ter tempo de sobra para fazer outras — observou o Explorador Polar, voltando-se para Mary Xale, que estava muito pálida e tremia descontroladamente. —Depois que eu tiver uma pequena conversa com Mary sobre o famoso romance dela...

Ele ergueu um volume encadernado em couro preto com uma das mãos de unhas pretas.

— Água, água por toda parte, mas nem uma gota para beber! — grasnou o albatroz.

— Eu ia dividir todos os lucros com você, querido monstro. — Mary Xale sorriu envergonhada e acrescentou: — Só não sabia ao certo onde você morava.

Lorde Gotic estava com as pernas bambas e olhou para o telhado, onde estavam Ada e seus amigos. Seus olhos encontraram os da filha e, desta vez, não se encheram de tristeza, e ele não desviou o olhar.

— Minha corajosa filha querida! — exclamou ele, abrindo os braços. Ada correu até ele, e Lorde Gotic a abraçou.

—Você realmente é como a sua linda mãe! — disse. — Corajosa, destemida e gentil! — Lorde Gotic virou-se para as criaturas. — Me parece ter acontecido um terrível mal-entendido — prosseguiu ele, com sua voz elegante e tranquila. — Só posso pedir desculpas. Por favor, aceitem minha hospitalidade e a do Palácio Sinistro.

— Eu e minhas harpias ficaríamos honradas — respondeu Sirene Sesta.

— Nós adoraríamos, não é, Hamish? — disse Omalos, e o Selvagem de Putney e a esposa de Barnes olharam para Lorde Gotic com uma expressão triste, mas agradecida.

Lorde Gotic pegou sua bicicleta e virou-se para os convidados.

— A caçada foi incomum este ano, e vou conversar com o meu guarda-caça — declarou. Em seguida, olhou para a filha e sorriu. — Mas memorável, apesar de tudo.

Os convidados concordaram.

Ao longe, uma carruagem bávara, levando um Rupert von Hellsung coberto de fuligem, saiu pelos portões do Palácio Sinistro e desapareceu noite adentro.

Uma semana depois, com uma lua de prata reluzindo acima da grande cúpula do Palácio Sinistro, o Clube do Sótão se reuniu para um piquenique à meia-noite, em volta das chaminés ornamentais.

Ruby, a criada, trouxe bolinhos de pepino e chá gelado de morango, já Arthur Halford demonstrou com o seu chicote como escalar chaminés com segurança. Kingsley, o zelador encarregado das chaminés, fez um sapateado no topo da mais alta chaminé, e todos aplaudiram. William se camuflou na alvenaria, e Emily pintou uma aquarela da lua sobre a cúpula.

— Agora é a minha vez — disse Ada. — Tenho praticado, com a ajuda de Arthur e Kingsley... — Ela corou. Amarrada entre duas chaminés ornamentais havia uma corda bem presa, que Arthur tinha tratado de reforçar. Havia também uma rede de segurança. Kingsley entregou a Ada um cabo com uma escova de limpar chaminé em cada extremidade e a ajudou

a subir na corda bamba. Ada estava usando as sapatilhas de equilibrista da mãe.

Devagar, com todo cuidado, Ada caminhou na corda bamba, equilibrando-se com o cabo.

No meio do caminho entre as duas chaminés, fez uma pausa, e sua silhueta se destacou contra a lua brilhante. Lá embaixo, no telhado, os membros do Clube do Sótão aplaudiram. Ada agradeceu fazendo uma reverência.

Epílogo

ary Xale foi quem deu a Ada a ideia. Seu romance, o best-seller *O Monstro, ou O Prometeu Malcriado* havia sido publicado por um Sr. Macmillan em Londres, e a vida e as aventuras do Explorador Polar atingiram um público amplo e exigente. Apesar do pequeno mal-entendido, as coisas entre a romancista e o monstro acabaram bem, e o Explorador Polar tinha prometido contar a Mary Xale tudo sobre sua ex--namorada para seu próximo romance.

Ada se despediu da Sirene Sesta, das harpias, do Sr. Omalos e Hamish, do centauro de Shetland, que retornaram em segurança para suas casas, sem qualquer ressentimento, uma vez que Lorde Gotic explicou que não tinha conhecimento dos convites que Malavesso havia enviado. Eles aceitaram a hospitalidade do Palácio Sinistro, ficando na ala oeste até o fim de sua estada.

Quanto a Malavesso, pediu desculpas pelos convites e disse a Lorde Gotic que só queria que a caçada fosse diferente este ano e que não tinha ideia das intenções reais de Von Hellsung. Alegou ainda não ter a intenção de fazer nenhum mal às criaturas; disse, também, que havia sido tão enganado quanto todos os outros. Ada não acreditou nele, mas Lorde Gotic era tão honrado e justo que deu ao guarda-caça o benefício da dúvida.

Ada não confiava nem um pouco em Malavesso, e o olhar que ele lhe lançou ao sair do escritório do Lorde Gotic depois dessa séria conversa fez com que tivesse a certeza de que o sentimento era mútuo.

A vida tinha voltado ao normal, só que melhor do que antes. Ada não tinha que usar mais as botas grandes e barulhentas, e podia ver seu pai sempre que quisesse. Lorde Gotic, ao que parecia, finalmente havia superado a terrível tragédia do acidente de sua mãe e estava tentando fazer as pazes com Ada. Já Malavesso mantinha-se na dele, pelo menos por enquanto.

Mas ainda havia o fantasma de um rato que aparecia no tapete turco toda noite, feliz pela menina, mas triste por ser um fantasma.

Então Ada teve uma ideia.

Foi ao escritório do pai e entrou. Lorde Gotic estava no jardim com Pegasus, mas Ada sabia que ele não se importaria. Dirigiu-se para a parede atrás da mesa do seu pai e se ajoelhou no rodapé. Lá, encontrou um buraco na madeira feito com dentes: era a toca de Ishmael.

Ada enfiou a mão e apalpou em volta. Seus dedos se fecharam em torno de um pequeno maço de papéis. Ela os tirou cuidadosamente, os dobrou, fez uma carta, e em seguida levou para Arthur Halford enviar a Londres pelos correios de Parvoíce. A carta foi endereçada ao Sr. Macmillan, editor.

Naquela noite, quando o sol estava se pondo, Ada ouviu um pequeno suspiro. Voltando-se para a janela, viu Ishmael brilhando palidamente no tapete turco.

— Obrigado, Ada — disse ele, quando ela lhe contou o que tinha feito. — Agora não há nada que me mantenha mais aqui. — E saiu pela janela flutuando. — Acho que posso ir agora.

Olhou para Ada e sorriu.

— Lembre-se de mim — pediu.

Ada observou Ishmael dirigindo-se para o pôr do sol, indo em direção à luz.

— Vou lembrar — prometeu ela.

Escondido num buraco
De uma mansão no meio do mato,
Leia esse conto ousado
Do fantasma de um rato!

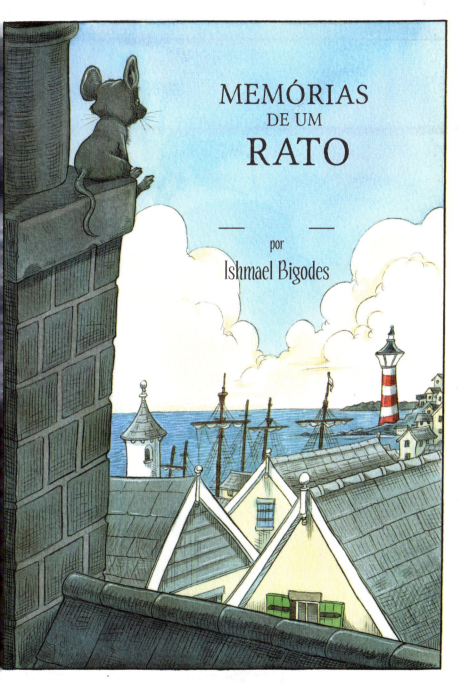

Este é o conto de um simples ratinho
Que nasceu e cresceu num modesto buraquinho
De uma cidade portuária com grande circulação
Na casa de um renomado e conhecido capitão.

Mesmo jovem, sem bigodes e com a mente imatura
Ansiava por lugares novos, por viver muita aventura
Um dia saí da toca, dei uma escapadinha
E acabei entrando no baú de roupas do capitão da marinha.

O que depois aconteceu, ainda é difícil dizer
O baú se fechou de repente, sem que eu pudesse correr
Senti medo, fiquei em choque, tremi e me assustei
Mas caí no sono quando numa meia de lã me aconcheguei.

Um pouco mais tarde, senti o baú sendo aberto
Vi o rosto do capitão e morri de medo de ser descoberto
Enquanto me escondia, senti sua mão se aproximar
Pois uma de suas roupas, tinha ido procurar.

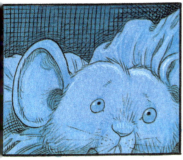

Num piscar de olhos, tremendo de emoção
Agi rápido, pulando do baú e correndo pelo chão
Driblei suas mãos, fugi à toda, fiz proezas
Naquele imenso navio e em suas profundezas.

Andei e me escondi atrás de barris e galões
Onde os ratos do navio murmuravam velhas canções
Até que numa noite de muita tempestade
O mar inundou o porão; que tremenda calamidade!

Os ratos escaparam assim que começamos a afundar
Só que em mim ninguém parou para pensar
Estava me afogando, sozinho e abandonado
Quando, por uma grande onda, para a praia fui jogado.

Acho que desmaiei, pois não me lembro de quase nada
Quando o mar me arremessou naquela onda descontrolada
Mas quando acordei e tentei levantar a cabeça
Estava preso por fios, por incrível que pareça!

Com um pouco de força, foi fácil me libertar
E, com isso, consegui os Lilliputinsetos chocar
Seres do tamanho de moscas, pequenos e assustados
Fugiram gritando e correndo para todos os lados.

Expliquei tudo e conversei para que pudessem se acalmar
Depois até consegui que me pedissem para ficar
Querendo me agradar, mas ainda com medo de mim
Os Lilliputinsetos me deram queijo e pão com gergelim.

Foi assim que fiz uma promessa a esse povo
Que lutaria ao lado deles na guerra pelo ovo
Os Blesfuscunianos logo desistiram
Quando o meu tamanho descobriram.

Naquela praia bonita, por alguns anos vivi
Então fiz uma jangada para me aventurar por aí
Até que um dia, porém, nova tempestade me atingiu
A chuva forte me atacou, e a minha jangada destruiu.

Desta vez foi pela cauda que alguém me resgatou
E então descobri que entre os bronifantes estou
Minha salvadora era uma jovem bem comprida
Mas nunca tinha visto um rato antes na vida.

Ela me pôs numa caixa amarela e verde-jade
E me levou para o palácio para visitar Sua Majestade
Que subiu numa cadeira e começou a gritar
Mas depois desceu curiosa e veio me observar.

Finalmente, me tornei seu bicho de estimação
O que causou em seu macaco grande indignação
Em um jarro de creme ele tentou me afogar
Mas minha amiga bronifante me ouviu gritar.

Na mesma caixa listrada, consigo ela me levou
Mas caiu ao tropeçar, e sua carga voou
Uma águia que passava acabou por me salvar
Pegou a caixa no bico e me levou pelo ar.

Guinchei e gritei a plenos pulmões
Tentando escapar desse voo indesejado
Ao ouvir a caixa soltar tamanhas imprecações
A águia abriu o bico com um ar abismado.

Bem depressa caiu a caixa solta no ar
E acabou aterrissando na ilha de Porcopunta
Mas o povo do lugar em plena labuta
Passava indiferente sem ao menos me notar.

Vendo-os passar fiquei me perguntando
Por que seus experimentos estavam sempre falhando
Eram criaturas tão inteligentes quanto os ratos
Só tinham problemas para amarrar seus sapatos.

Um dia ao extrair luz do sol de um pepino
Um dos porquinhos acabou se atrapalhando
Sem dominar a arte de dar laços, o pequenino
Tropeçou e mais uma vez eu saí voando.

A terra em que caí era das mais estranhas
Só de lembrar, me revolvem as entranhas
Aquelas belas criaturas, uns elegantes bichanos
Chamavam a si mesmos de Miau-miau-zanos.

Lambendo as patas e o leite das tigelas
Os miau-miau-zanos viviam num mar de rosas
Perturbado apenas por seus vizinhos tagarelas
Os hamianos, umas criaturas horrorosas.

Os nativos me confundiram com essa gente
Pois tenho focinho pontudo e só sei guinchar
Mas eram uma espécie tão gentil e tão decente
Que fizeram o possível para não demonstrar.

No fim, apesar de meu sentido apelo
Os miau-miau-zanos me mandaram embora
Num barquinho que construíram com todo zelo
E mais uma vez lá fui eu mar afora.

Finalmente no lugar onde fui desembarcar
Encontrei um jovem poeta que fazia uma viagem
E carregava apenas seus poemas na bagagem
Resolvi acompanhá-lo ao que seria meu último lar.

Lorde Gotic era o seu nome, e bem escondido
No escritório dele aprendi a escrever
E para redigir esse relato tão comprido
Contei com sua ajuda para não me perder.

Aqui na minha toca com tinta e pergaminho
Tratei de registrar minha vida de aventuras
Por terras conhecidas e outras bem obscuras
E espero que isso seja publicado com carinho.

Fico por aqui e aconteça o que acontecer
Espero que muita gente minhas memórias possa ler
Escrevo nesse casarão dentro da minha toca de rato
Local bem apropriado para um grande literato.

Este livro foi composto nas tipologias Aquiline, Bodoni
MT, Carrotflower, Centaur MT, Dead Man's Hand WF,
Echelon, Epidemia, FoglihtenNo01, Fontesque, Gentium,
Jellyka BeesAntique Handwriting, Justlefthand, Mayflower
Antique, Mountains of Christmas, Silent Hell of Cheryl,
OldNewspaperTypes, Portmanteau Regular, Requiem,
RitaSmith, Roman Antique, Stamp Act,
e impresso em papel offset 120 g/m^2 na Yangraf.